U0646599

推し、燃ゆ

偶像失格

［日］宇佐见铃

Usami Rin

著

千早 译

湖南文艺出版社
HUNAN LITERATURE AND ART PUBLISHING HOUSE

1.

◇ ◆ ◇

　　我的偶像爆出了负面新闻。听说他殴打了粉丝，但具体情况还无从得知。明明没有任何人清楚当时的情况，可一夜之间，舆论已经完全暴走。那是难以入睡的一天，某种不详的预感，让我自然而然地睁开了眼。原本只想看看时间，打开手机却发现 SNS[1] 上炸开了锅。睡眼蒙眬的我捕捉到"听说真幸打粉丝了"这行字，一瞬间分不清梦境与现实。虚汗顺着大腿内侧流淌下来。确认过网络报道后，我大脑空白地蜷缩在床上，毛毯的一

1　社交网络平台。

角掉落在地。我怔怔地看着舆情极速发酵,心里只在意偶像现在的状况。

"没事吧?"信息的通知栏正好遮住了待机屏保上偶像的眼部,他看起来像一个罪犯。那是成美发来的信息。第二天,成美在电车门关闭前急急忙忙地冲进车厢,见到我,开口的第一句还是"没事吧"。

成美,她无论在现实中还是网络中都很擅长聊天。看着成美那双大眼睛和八字眉里透露出来的悲伤,我想到了类似的颜文字,回答她"快不行了"。成美喃喃应声"是吗""也是啊",接着在我身旁弯下了腰。她制服衬衫的扣子解开了两颗,散发出柑橘系止汗剂的清凉气味。日光亮得刺眼,我眯着眼在手机屏幕上输入偶像的生日"0815",忘记退出的 SNS 一下又将我卷入风口浪尖之中。

"被骂得很惨?"成美也掏出了手机。一看到那透明的手机壳里夹着一张暗色调的照片,我随口说道："这不是拍立得嘛。"她露出像表情包一般纯粹的笑容，反问我："超赞的吧？"成美说话时逻辑很清晰，表情像替换头像一样变来变去。这不是敷衍或假笑，我想她是在尽可能地让自己保持简单的心态。"拍了多少啊？""十张。""呜哇。啊，才一万日元。""对吧，想想就更觉得……""便宜，真便宜啊。"

她正迷恋的男子地下偶像团体在演出结束后会提供与指定成员合照拍立得的服务。照片里的成美编着精致的发型，要么被偶像从身后搂着，要么和偶像紧贴着脸颊。成美去年还在追高人气偶像团体，现在却表示"比起不能接触的大众偶像，还是追能接触到的地下偶像更幸福"。"明里也来这边嘛，会上瘾哟，他会记住你的脸，甚至还能私下联系，交往也不是完全没可能喔。"

我没有产生过接触他的愿望。虽然也会去看线下表演，但非要选的话，我还是更想做一个淹没在人海里的粉丝。我想成为掌声的一部分、欢呼声的一部分，用匿名账号给他留言说谢谢。

"拥抱的时候啊，他撩起了我遮住耳朵的头发，我还以为自己脸上沾了什么东西呢。"

成美忽然放低了音量。

"他居然说，很香。"

"完了。"我不自觉地加重了尾音。"对吧？这样怎么可能戒得掉。"成美说着，将拍立得相片重新夹了回去。去年成美追的偶像宣布留学后，退出了演艺圈。整整三天，她都没来学校。

"的确。"我如此回答。车窗外的电线杆的影子划过了我们的脸。似乎是觉得刚才过度兴奋了，成美伸了伸弯曲的腿，看着粉色的膝盖，忽然用冷静的语气对我呢喃："不过，真了不起啊，明里。你今天也出门了，很了不起。"

"刚才，你说'今天也出门了，很了不起'？"

"嗯。"

"那一瞬间，我听成了活着很了不起呢。"

成美像呛到口水一般大笑起来，对我说："那也很了不起。"

"毕竟偶像就是命嘛。"

谢谢你出生在这个世界，没抽中票要死了，对视等于结婚吧……大部分粉丝表达爱意都极尽夸张。成美和我也不例外，但我不想仅仅在偶像顺利的时候说想和他结婚。我在手机屏幕上输入"无论疾病或是健康，对偶像的应援都不会停止"。电车停下了，蝉声越来越清晰。发送。旁边的人立刻给我点了个赞。

背包里仍是前段时间去偶像演唱会时的那些东西。能在学校用上的只有记录感想的活页本和笔，古文课蹭书，数学课借书，因为没带泳衣，游泳课时我只能站在泳池旁。

身处泳池之中并不会在意，但踩着流淌在瓷砖上的水，却觉得黏糊糊的。不是污垢或者防晒霜的那种黏，而是一种更为抽象的感觉，仿佛肉溶解在水中一般。水涌向了旁观者的脚边，另一位旁观者是隔壁班的学生。她在夏季校服外面套着一件薄薄的白色长袖卫衣，站在泳池的边缘处，分发着浮板。每次被水溅到，她光着的脚看起来都白到令人目眩。

泳衣浸湿后黑乌乌的，她们聚集在一起，果然看起来黏糊糊的。支撑着银色扶手或是泳池粗糙的黄色边缘奋力爬上岸的身体，让人联想到水族馆的表演：海狮、海豚或是虎鲸滑动着沉重的身躯试图爬上舞台。女生们说着谢谢，从我手中接过浮板，水珠从她们的脸颊或是上臂滴落在干燥的浅色浮板上，晕成深色的印记。肉体很重，溅起水花的脚很重，内膜每月都会脱落的子宫也很重。在老师中极其年轻的京子将双臂当成腿，交叉重叠着，教大家游泳时要活用大腿。她说，有些同学只知道用脚胡乱地拍打水面，那种游法，游不起来，还累到不行。

负责保健课的老师也是京子。她会用毫无起伏的声音念出卵子和海绵体那类词汇，虽然听起来是不尴尬了，却感觉像被自作主张地施予作为动物的任务，很沉重。

仅仅是起床，床单就会皱起来；仅仅是活着，人也会皱起来。和其他人说话需要绷紧脸上的肉，身体脏了需要泡澡，指甲长长了需要剪掉。最低限度地活着，也并非绞尽力气就一定能做到。我总是在完成最低限度之前，意识和肉体就断联了。

我在保健室被校医建议去医院接受治疗，之后得到了两个诊断名称。吃了药心情就变得很差，翘掉几次预约后，再也懒得去医院了。肉体的沉重被赋予了名字，这一度让我变得轻松，但接着名字也和重量绑在了一起，整个人像悬挂着一般。唯独应援偶像的时候，我可以逃离那份重量。

人生最初的记忆是从下方仰望那个绿色的身影，当时十二岁的偶像扮演了彼得·潘。那年我四岁。吊着威亚的偶像飞过我头顶的那个瞬间，说是我人生的开始也不为过。

虽说如此，在那之后很久我才开始应援他。

当时我刚升上高中，那天本来要为五月的体育节训练，我缺勤了，手脚伸在毛毯外面，长期没剪的脚指甲上累积着疲惫，有些开裂。外面隐约传来接球游戏的声音。每次听见那声音，我的意识都会上浮一点五厘米。

两天前为训练洗好的体操服不见了，我穿着衬衫在房间里翻找，翻箱倒柜是在早上六点，没找到，就像逃避一般地继续睡觉了，再醒来时已经是中午。现实还是没有改变。一片凌乱的房间变得像我打工的快餐店的洗碗池，想收拾都不知道该怎么下手。

我试着在床底下摸索，找到了一张沾满灰尘的绿色 DVD，是小时候看的那场彼得·潘舞台剧的 DVD。播放器吞下碟片后，彩色的标题片段放映了出来。或许是碟片有划伤，画面里时不时会出现细线。

我首先感受到的是痛楚。瞬间像是心脏被捏住一般地剧痛，接着像是被撞飞一般地钝痛。扶着窗台的少年悄悄潜入房间，他穿着短靴，踮着脚在室内轻轻徘徊，那小小的鞋尖毫不费力地踢中了我的心脏。我记得这种痛感。对于高中一年级的我来说，痛楚已经在漫长岁月里与肉体相互融合，潜藏其中，偶尔想起也仅仅是感到麻痹。而当时，我仿佛回到了摔倒就会自然流出眼泪的四岁，是那种疼痛。痛觉蔓延开来，肉体逐渐找回感知，粗糙的影像也释放出色彩与光芒，世界随之变得鲜明。女孩躺在床上，那瘦瘦小小的绿色身影轻飘飘地跑了过去，敲了敲她的肩膀，摇晃她。"醒醒啊。"他脆生生的可爱声音击中了我。啊，是彼得·潘。毫无疑问，他就是那天飞过我头顶的男孩。

彼得·潘的眼睛神气活现地闪烁着光芒，每一句台词都像在控诉着什么，气势汹汹地喊出声音。每一句都是同样的发音方式。虽然很呆板，动作也很夸张，但看着他吸气，然后绞尽蛮力发声的模样，我也不由自主地跟着他吸气，再粗暴地吐气。我察觉到自己正试图与他化为一体。他来回跑动时，我运动不足的腿部内侧也跟着痉挛。影子被狗咬碎后，看着他哭泣，我也感染上了他的悲伤，想要紧紧地抱住他。我的心脏恢复了柔软，强而有力地运输着血液，奔腾着，翻涌着热意。囚禁在体内的热意，开始堆积于我握紧的手中与蜷曲的大腿中。被逼入困境时，他胡乱地挥动着细剑，每当对手的武器掠过他的腰窝，我都不由自主地战栗，心脏仿佛被刀刃挟持着。当他在船头将船长击落深海后抬起头时，那没有一丝孩子气的冰冷眼神，让我的脊背震颤着冒起了冷汗。呜啊啊，我自顾自地痴叫起来。糟了，好冷酷，我压抑着冲动，在大脑里感叹。我想，这孩子的确有能力砍下船长的左手喂鳄鱼呢。糟了，好冷酷，幸好家里没有其他人在，我忍不住放声大叫。我情绪高涨，甚至喊出了"好想去梦幻岛啊"，差点都分不清现实了。

彼得·潘在剧中说了很多次"才不想成为大

人"。不管是出发冒险时，还是带着温蒂一行人冒险归来时，他都说过。这句话仿佛在我身上敲开了裂缝，传进了我的最深处。以前就常常盘旋在耳边的词汇像被重新罗列了一遍。才不想成为大人呢。我想去梦幻岛啊。炽热的感觉涌向了鼻尖，我觉得这句话是为我而说的。喉咙跟着共鸣，微微呜咽着。眼角也热热的。少年泛红的嘴唇倾吐出这句话，似乎也要从我的喉咙里抽出一样的话。泪水溢出，代替了语言。似乎有人在坚定地告诉我，成为背负重任的大人很辛苦，感到抗拒是很正常的。怀抱相同烦恼的人影，凭依他的身体站在了眼前。我与他相连，与他对面的众人相连。

彼得·潘在舞台上纵身一跃，飘浮在半空，双手撒落金粉。我回忆起四岁那年，看完表演后在地上蹦蹦跳跳的感觉。那时正值夏天，外公外婆家的车库旁，鱼腥草长得茂盛，到处弥漫着那股刺鼻的独特气味。大人从商店里为我买来金色的"精灵粉末"，我撒在身上，为之一遍又一遍地跳跃。小时候不管去哪里，我都穿着脚底会响的鞋，每次落地都伴随着刺耳的声响。我并没有以为自己能飞起来。只不过，我心底的某处仍然期待着，声响与声响的间隔会一点点拉长，直到某个瞬间再也听不到声响。唯独落地前身体才能感觉轻盈，而此刻电视前十六岁的我，内衣外面潦草地披着衬衫，再次感受到了那份轻盈。

上野真幸。我的手颤颤巍巍地拿起了 DVD 的封壳，他的名字用圆体字标识着，我一搜索，那张偶尔会在电视上看见的脸就出现了。原来是这个人啊。他穿过新绿的风，为我体内故障的时钟扭上发条，我开始行动了。虽然没找到体操服，但一根坚固的芯贯穿了身体，我开始觉得总会有办法的。

上野真幸现在作为偶像团体"晰栩座"的成员开展演艺活动。从最近的宣传照来看，他相比十二岁时的那个男孩，脸颊更瘦削了，已是一位气质沉稳的青年。我看了他的演唱会，看了他的电影，看了他的综艺。虽然声音和体型都不同了，但眼瞳深处不经意间流露出的锐利仍然与年幼的他如出一辙。那样的眼神，会让我也不由自主地想怒视些什么。既不正面也不负面的巨大能量从身体深处喷涌而出，提醒我活着这件事。

下午一点新发布的视频里，偶像也露出了那种眼神。结束游泳课的学生们肩上搭着湿湿的毛巾，空气里飘荡着氯水的气味。午休的教室里，总能听见人们拉动椅子的声音或是在走廊上小跑的声音。我坐在第二排的座位上，戴上了耳机，断断续续的静默让我清晰地觉察到了自己内心的紧张。

视频的开始是偶像从事务所走了出来，他暴露在闪光灯下，疲态无处可藏。"能请你说两句吗？"他的面前出现了麦克风。"好。""你对女粉丝动手了？""是。""为什么要那样做？"他那让人难以分辨是回答还是应付的语调，稍微有些动摇："我想，这件事应该在当事人之间解决。很抱歉打扰到大家。""你向对方道歉了吗？""正在道歉。""今后的演艺活动打算怎么办？""不知道。正在与公司和其他成员商量。"偶像正要上车时，身后传来记者震怒的质问："你在反省吗？"他回过头，一瞬间眼神里闪过了那种强烈的情绪。他抛下一句"算是吧"。

倒映着器材和人群的黑色轿车开走了。"什么啊，那种态度！""希望他好好反省，早日回归！真幸，我会一直等着你的！""做错了事还摆脸色。""真傻啊。明明耐心解释一下就好了。""之前去看过好几次演唱会，不会再有下次了。说受害者坏话的花痴们，脑袋没问题吧？"评论栏里的粉丝战争愈演愈烈，最上方的一条是"同意他本来就长着家暴脸的请点赞"。

我看完后又将进度条拉回，一边看一边在活页本上记录对话。偶像在粉丝俱乐部的会刊里说过不喜欢"算是吧""姑且""暂且"这一类词，所以他应该是有意那样回应的。我听写记录了偶像在电台、电视等媒体上的所有发言，至今已经写满二十多本，全都堆在房间里。CD、DVD、写真集通常会买三份，分别用于收藏、欣赏、出借。他出演的综艺都会拷贝下来反复观看。我捕捉着偶像的语言习惯和动作，试图解读他这个人。我将自己解读的内容公开发布在博客上，随着浏览数攀升，点赞和评论也越来越多，期待我更新的人还会留言："我是明里小姐姐博客的粉丝。"

　　每个人追星的形式都不同，既有人推崇偶像的一切行为，也有人批评盲目的人不配做粉丝。有人对偶像抱有恋爱情感，却对偶像的作品没什么兴趣。有人对偶像没有恋爱情感，却会很积极地回复偶像的动态，渴望建立联系。与之相反，也有人只喜欢作品，对偶像的私生活完全不感兴趣。有人专注花钱支持偶像的事业，还有人热爱和其他粉丝交流。

而我的态度，是想要解读他的作品，解读他这个人。我想看见偶像眼里的世界。

　　这种想法是从什么时候开始的呢？我回顾自己的博客，发现是在去年第一次看晰栩座音乐会后的一个月左右。当时我写了听电台节目后的感想，因为收听地域有限制，原本就有很多人想看类似的文章，那篇网络日志的浏览量排在我博客的第五位。

　　　　大家好，昨天偶像参加了电台节目
　　　呢。这次节目真的很棒，不过据说是神
　　　奈川地区限定播送，想着很多朋友都没
　　　能听见，我决定将印象深刻的片段记录
　　　在这篇网络日志里。下述是偶像被问及
　　　"对演艺圈最初的记忆"时的对话。红
　　　字是主持人今村先生，蓝字是偶像。

　　　　"唉，可不是什么好回忆。"

　　　　"那我就更好奇了，说来听听嘛。"

"我还记得很清楚，五岁生日时我妈对我说，'从今天起你就要出现在电视里了，待会去拍摄现场'，太突然了。蓝天、白云、淡淡的彩虹，我被带到梦幻的布景之中，可是大人们来回奔波的地方却很暗，妈妈站在黑压压的器材后面，她穿着千鸟纹的连衣裙，像这样……手，举在胸口位置挥了挥。明明只隔着五米左右的距离，看起来却像在告别，我的鼻子一下就酸了。这时，一个穿着熊熊玩偶服的人朝我这样……你看得懂吗？"

"啊啊，奥特曼的姿势，对吧？我们这里是电台，能请你别比画动作吗？"

"哦哦（笑）。然后啊，他保持着那个姿势，黑溜溜的双眼俯视着我。我明明想哭，却发现倒映在玩偶眼睛里的自己露出了完美的笑容。接着，玩偶重复那个姿势，想要逗我笑。那时我忽然明白了，啊，没有人会发觉那是假笑，我内心所想的事情丝毫没有传递出去啊。"

"才五岁。"

"对，那时五岁。"

"真是讨厌的五岁小孩啊（笑）。"

"可是，不止一次这样想啊。比如一些粉丝的来信，会写从什么时候开始喜欢我、几年前开始应援我、报告生活近况等，总之信里全是关于自己的事。我看了很开心，虽然开心，但怎么说呢，心理上会有种距离。"

"那是当然啊，毕竟粉丝也不懂那么多，并不是时时刻刻都能注视着你。"

"不过，也不是身边的人就一定能理解。比如和其他人说话时，我有时会想，啊，这家伙刚才明明没听懂但还是点头了。"

"难道在影射我吗？"

"倒不是……不对，不好说呢，今村先生的确会习惯性地夸人。"

"好过分。我是发自内心的啦，一直以来都是（笑）。"

"抱歉抱歉（笑）。不过，或许正因为如此，我才会写一些歌词吧。我想，说不定会有某个人能懂我，能从中看穿一些什么。不然根本干不下去啊，这种站在舞台上的工作。"

胸口堵得慌就是这种感觉吧。其实之前也在日志里提到过，我第一次看偶像的演出，是在他十二岁的时候，所以对他童星时期的事情特别感兴趣。他总在吸引人的同时，将人远远推开。他习惯用"谁也不懂"这种话关上世界的门，可是偶像眼里的世界，我真的很想看一看。虽然不知道要花上几年，或许一辈子都不会懂吧。但他就是有能力，让我产生这样的愿望。

应援已经持续了一年。在此期间，我尽力收集偶像二十年来输出的庞大信息，最终在粉丝见面会的提问环节，我基本能猜到他会怎么回答。即使是远到看不清脸的舞台，我也能凭借偶像登台的气场，只靠裸眼就辨认出那就是他。曾经有一次，同组合的成员美奈姐恶作剧，用偶像的账号碎碎念，我评论了"怎么和平时不太一样？不像真幸啊……"，被美奈姐回复"噢，答对了。我还以为模仿得不错呢，笑"。他们很少会回复评论。现在回想起来，那或许就是我作为真幸的"狂热粉"开始小有名气的契机。

有时，偶像会露出令人意想不到的表情。这时我就会想，原来他还有这一面啊，是发生什么变化了吗？如果想到了什么线索，我就记录在网络日志里。每逢此时，我都自以为对他的了解又加深了一些。

这次的事是个例外。据我所知，偶像并非温和的人。他守着一片自己的圣域，他人的贸然踏入会令他心生焦躁。即便如此，他也能将喷涌的情绪克制在眼神里，不会做不体面的事。他既不会也做不到盲目地发泄。偶像是与他人保持距离主义者，这样的他就算再怎么被激怒，我也实在不认为他会动手打粉丝。

目前无法下任何定论，大部分 SNS 上眼熟的粉丝也是这样认为的。该生气吗？该维护他吗？还是看着那些情绪化的言论叹气呢？我不知道。我清楚确定的是，这种不知道的感觉很像心窝被野蛮地压住。唯一可以断言的是，今后我也会继续应援偶像。

上课铃摇醒了我的意识，首先感受到了后颈的凉意，那是不知何时冒出来的汗。休息时间结束了，教室里的人纷纷回到座位，此起彼伏地嘀咕着好热，我想每个人的衬衫里都闷着一股热气吧，还来不及抖一抖衣角，门就被推开了。只野是地理老师，平时总穿成套的淡茶色正装，系着花哨的领带，今天却是衬衫与西装裤的搭配。他一边语速很快地说着"清凉商务装，夏日必备"，一边分发讲义。前座男生将纸张举过头顶，沙沙地摇晃着，我抽出一张再传给后座。听不进课。我愣愣地看着只野讲义里常用的手写字体，天马行空地想着，如果这是偶像写的字该有多好。加入粉丝俱乐部后，在元旦、圣诞这些特殊的日子，我会收到印着偶像手写字的贺卡，如果剪下那些字汇集在一起，说不定就能推出一款上野真幸字体，模仿出讲义上的文字内容。那样一来，搞不好我会对学习感兴趣。我满脑子都是这件事，思索着缺少哪些字、推出字体具体应该怎么做。只野手里的粉笔忽然停住，白色粉末轻盈地下坠。"啊，说起来是今天吧，是提交报告的日子，那么先收一收吧。大家都带来了吧？"周围聒噪得还以为是蝉飞进了耳朵里，在我重重的脑袋里孵出了大量幼卵，羽化般地嘶叫起来。明明写了备忘，我在脑海里大喊。可就算写了，既忘了看也忘了带来，又有什么意义。"那现在开始收。"话音一落，大家纷纷站了起来，我却仍然呆坐着。前座男生猛地起身走向只野的讲台，他说："对不起，我忘了。"周围隐约传来了嗤笑。我也跟了上去，说："对不起，我忘了。"我没有被笑。我距离成为"笨蛋角色"或是"不写作业的惯犯角色"，差了点憨憨傻傻的气质。

正打算回家时，我从课桌抽屉里拿出了数学教科书，浑身汗毛竖立。记得小悠说过第五节是数学课，我承诺会在午休时还给她，才借到了这本书。走去隔壁班，教室里没有小悠的身影，我开始编辑信息。"对不起，你借我书我却忘了还。明明嘱咐过我第五节课是数学，让你困扰了吧。真的很对不起。"我一边输入，一边觉得再也没脸见她了。在走廊转角处碰见了保健室的老师，她提醒我："小明里，记得提交之前的诊断报告。"保健室的常客们都被亲昵地省去姓氏来称呼，还附带一个"小"字。老师将微卷的头发绑成马尾，发梢总是垂在白大褂的外侧。夏日阳光下的白大褂实在让人目眩。我将活页纸折成四分之一的大小，用笔写上"数学教科书、诊断报告"。过一会儿，我又在后面补上了"地理报告"。还没有结束，我突兀地堵在走廊中央，笔尖竖立，费劲地继续写着"成美的折叠道具""修学旅行费用""腕表"，眼皮忽然微微痉挛了一下，夹在腋下的背包悄然滑落。阳光透过窗户灌满了走廊，提醒着我暮色渐浓。我的脸颊泛起了灼烧感。

2.

◇ ◆ ◇

　　大家，好久不见。那件事以来停更了一段时间，但我打算恢复更新了。顺便一提，这篇网络日志有浏览限制，只有关注我的朋友能看到，请不要通过其他途径传播。

　　那件事带来了很大的打击，不仅对我们真幸的粉丝而言很沉重，"晰栩座"的全体粉丝应该都是相似的心情。发生在眼前才第一次知道，舆论暴走原来是这样一件让人无能为力的事。各方势力都在拱火，刚以为要平息了，以前的发言和照片又被爆了出来，成为新的导火线。偏偏还是与公开互称为灵魂伴侣的明仁传出了不和，甚至说他在家乡姬路的高中参与过校园霸凌。偶像明明是在东京念的高中，接受的还是函授教育，根本没去过几次学校，居然还会传出那种谣言，反而让我叹服了。

相信大家都知道，某论坛现在称呼他为"可燃垃圾"。偶像曾经在电视节目里说过，批评也是精神食粮，所以常常会在网上搜索自己的名字。一想到那种言论会被他看见，真是忍无可忍，却也只能咬着手指看着那些人越说越过分。

至少，我希望在会场上，能为他亮起应援色蓝色的荧光棒。毕竟是非常时期，我明白很困难，却仍然不想下次人

气投票的结果让他失落。为真幸应援的
大家，一起加油吧。

　　我晕车了。额头的内侧，左眼与右眼的深处
那种想要呕吐的感觉，真想连根挖出来。"可以
开窗户吗？"我问道。"不行。"妈妈的语气很严厉。
我只好转移注意，观察起了窗玻璃上滑落的雨滴。

　　"刚才在写什么啊？"

　　身旁同样随车颠簸的姐姐，声音听起来很
疲倦。

　　"博客。"

　　"偶像的事？"

　　我轻哼着表示了肯定，空空的胃抽搐了一下。

　　"我可以看吗？"

　　"有浏览限制。关注我的人才能看。"

　　"哼。"

　　姐姐偶尔会评价我的偶像宅生活。比如一脸
不可思议地问我为什么会喜欢他，你原来喜欢盐

系脸啊，明仁的五官更立体，论唱歌也是濑名更好听吧。

真是愚蠢的问题。哪里需要什么理由？一旦喜欢上他这个存在，他的脸、舞姿、歌声、语调、性格、动作等，围绕着他的一切都会变得迷人。这就是"厌恶和尚，恨及袈裟"的反面。喜欢这个和尚的话，连他袈裟上的线头都变得可爱。我是这么认为的。

"什么时候还我钱啊？"姐姐漫不经心地问道。"啊，对不起。"我也漫不经心地回答。某次邮购周边时，姐姐碰巧在家，就让她垫付了费用。"发薪日还你啦，人气投票马上就结束了，再等等嘛。"我这样说，姐姐又意味深长地"哼"了一声。

"会有多大波动啊，人气？"

"不知道，"我说，"应该取决于路人粉的比例吧？"

"因为会流动？"

"比如'锈爱'之后的粉丝，应该不少人会离开吧。"

偶像凭借恋爱电影《永不生锈的爱》人气飙升。虽然不是主角，只是扮演女主角的学弟，但专情人设配上笨拙的演技让他收获了不少粉丝。出现负面新闻，对他的事业来说的确是沉重的打击。

妈妈忽然重重地按了几下方向盘的中心，耳旁响起短促的鸣笛声。"这多危险啊！"她压抑着怒声，抱怨对面开来的车。

姐姐轻轻地吸了口凉气，仿佛被抱怨的是自己。我们漫不经心地交谈时，姐姐其实一直在注意妈妈的动向。她总是这样。母亲被触怒时会沉默，越是沉默，姐姐说的话就越多。

听说，之前父亲被调往海外工作时，反对我们跟他一起离开的人正是外婆。外婆质问："老头已经去世了，连你们也打算丢下我一个人吗？太不孝了。"就这样把妈妈和外孙女们留在了日本。后来，妈妈经常埋怨外婆。

　　姐姐随意地翻弄医院商店的购物袋，利落地拧开茶的瓶盖，喝下一口，看看成分表，又喝了起来。她嘴里含着茶，皱着眉，用动作示意我："要吗？"她喉咙咕噜一声，又问了句："要吗？""嗯。"我应声接过，车颠簸着，瓶口撞到了牙齿，茶水差点从下唇漏出来。液体抚慰着空空的胃。外婆两年前做了胃瘘手术，据说是为无法吞咽食物的人在胃上开一个洞，直接通过软管输送营养，我听了还是难以想象。病房里禁止饮食，去探病的我们也没来得及吃午餐。

　　晕车状态下盯着手机屏幕很难受，于是我戴上耳机听起了唱片。这次负面新闻前，人气投票拿下第一名的偶像发行了个人单曲《水之精灵的谎》，作词也由他本人担任。首先是一段吉他演奏的独特曲调，停顿一瞬后接上"地平线上"这一句，他沙哑的嗓音传入耳朵。肩膀周围的体温跟着上升。相比最近一些滥用电子音的新曲，这首歌很简单又很忧愁。发行之初,"虎牙咬住了地平线"这句歌词,让部分对偶像抱有恋爱情感的粉丝全网搜索长着虎牙的女孩。

睁开双眼,雨让天空与海洋的交界处弥漫着灰雾,紧靠海岸修建的房屋也被乌云覆盖。接触着偶像的世界,我眼中的画面也不再平凡。我看着倒映在窗户上的自己,发暗却温热的嘴巴里,舌头已经干涸,我无声地跟着哼唱那些歌词。这样看上去,耳朵里偶像的歌声仿佛是从我口中哼唱出来的声音一般。我的声音与偶像的声音重叠,我的眼睛也与偶像的眼睛重叠了。

妈妈转了转方向盘。被雨刷扫向两旁的雨水顺着玻璃滑落,滴答、滴答,伴随着有节奏的雨声,才擦拭过的玻璃又起了雾。排列在路旁的树渐次失去了轮廓,我的眼里是一片鲜艳过头的绿。

晕车的苦闷感到家时已经消散了。"有你的东西寄来喔。山下明里大人。"我从姐姐那里接过包装,回房间里小心地拆开十张 CD,取出投票券。每买一张两千日元的新唱片就能得到一张投票券，至此，我已经买了十五张。投票结果决定下一张唱片的歌词分配与站位，五位成员中人气最高的可以得到一段很长的独唱。买十张唱片还能和喜欢的成员握手，在我看来这是很幸福的机制。读取投票券上的序列号，从斋藤明仁、上野真幸、立花未冬、冈野美奈、濑名彻中选择蓝字的上野真幸。投完十张后，我看了眼博客，浏览数的增长比以往少，想来是浏览限制的缘故。评论基本都是以"还好吗""等你好久了"这种关怀的话语开头，看来负面新闻爆出后，我发SNS的频率的确减少了。鹰、虚无僧、明仁的小鸭（一般称呼为小鸭）、黑喉糖，我依次回复他们。同为真幸粉丝的芋虫每次都会写最长的感想给我。她会根据不同的日子改变账户名，比如"饿肚子芋虫""芋虫生日庆""芋虫＠伤心中"等，目前用的是芋头和蚰蜒的颜文字。

"明里里！等你好久啦啦啦，最近等不到你

更新寂寞得快枯萎了，没有养分，只能反复看你之前的网络日志，如果浏览数上升异常，犯人就是我啦，抱歉啊哈哈。你的网络日志，超级能勾起我的共鸣！虽然很担心也很焦虑，但更不想被谣言牵着鼻子走呢！明里里的话真让我安心呀。明里里的文笔很成熟，该怎么说呢，就像个温柔又聪明的大姐姐喔。今后也会继续期待你的更新！最近真幸的人气似乎下降了，这种时候更应该展现我们粉丝的实力呢，必须得努力了！"

"小芋虫，谢谢你的评论！抱歉让你久等了，看见你的话我也很开心，嘻嘻。没有没有，我才算不上什么成熟……你说得对，虽然发生了很多意外状况，一起加油吧！"

芋虫的文字透露着她的可爱与热情。年龄、学校、居住地各不相同，我与她，与其他人都仅仅因为是晰栩座粉丝这一个共同点被连接了起来。即便如此，早晨醒来时会互相问候，周一早晨在上班、上学的路上会抱怨不满，周五会熬夜召开"偶像欣赏会",疯狂发送自己喜欢的偶像照片,"糟了糟了"地感叹这张也好帅、那张也好可爱。隔着屏幕能感受到对方的生活,其实也算是很亲近的存在。就像我在网络里被误认为是冷静又稳重的人,大家在现实生活里的模样或许也和我的想象不同。但不管如何,半分虚构的我所接触到的这个世界,是温柔的。大家高喊着对偶像的爱,将爱意渗透在生活里。"不想洗澡!""打起精神,偶像在等你哟!""哎呀,无法拒绝,我去洗澡了。""班里卡拉OK聚会,狠狠地点了偶像的个人单曲。""笑死,唱得怎么样?""我平时比较孤僻,所以一片沉默。""勇者!""别哭啊。"

偶像,说不定哪天会退团、退圈,甚至被逮捕,就这样突然消失。如果是乐队成员,毫无征兆地死亡或者消失都是有可能的。想象与偶像的诀别时,我会同时想到与这群人的分别。既然是因偶像而产生联系的人,偶像走了,我们也就只有渐行渐远。虽然也有成美这种移情别恋的人，可如果偶像不在了，我实在不认为还能找到其他想追的人。永永远远，我的偶像都只有上野真幸一个人。只有他能触动我、号召我、包容我。

每逢发行新曲，偶像宅就会将 CD 装饰在名唤"神坛"的展示架上。脱下的衣服散乱在房间里，没喝完的瓶装饮料已经忘了是什么时候的，翻开的教科书倒扣在桌子上，原本夹在书里的讲义也乱七八糟的，可是光与风在蓝绿色的窗帘和深蓝色玻璃制的灯之间穿行时，仿佛也染上了淡淡的蓝调。偶像几乎都有专属的应援色，粉丝会在活动会场举起那种颜色的荧光棒，制作周边时也会使用那种颜色。我的偶像的应援色是蓝色，我的世界也彻底染成了蓝色。仅仅是沉浸在蓝色的空间里，就会让我感到安心。

一走进这个房间就能立刻辨认出哪里是中心。就像教堂里的十字架、寺庙里的佛像，我在展示架的最上方装饰了一张大大的偶像签名照，以它为中心，用湛蓝、纯蓝、浅蓝、蓝绿等色调稍有不同的相框，将海报和写真布满了整面墙。满满当当的展示架上，按年代顺序收纳着DVD、CD、杂志以及宣传册，最旧的在底层，一层层往上堆。发行新曲后，我会挪一挪原本在展示架最上层的CD，为新CD腾出位置。

　　我做不到像大多数人那样睁一只眼闭一只眼，无法轻易地应付生活，也因此痛苦不已。应援偶像是我生活的绝对中心，唯有这一点，无论附加什么条件都很明确。不仅是中心，甚至可以说是脊梁。

　　人们往往会选择花时间学习、参加社团活动、打工，花钱和朋友看电影、聚餐、买衣服，用丰富多彩的生活充实内心，从而成为更鲜活的人。而我选择了相反的路。像是通过某种艰难的修行把自己钉在脊梁上。多余的东西都被剔除，我成了赤裸的脊梁本身。

"小明里，我之前也跟你说了，别忘了提交暑假期间的排班申请哦。"

幸代发来了信息，我懒散地躺着，打开了安排日程的软件。我的生活计划取决于偶像的行程。人气投票结果公布那天得提前下班，握手会的日子自然要休息，握手会后需要再休息一天回味余韵。不过，毕竟得买CD，三月还想去看演唱会。追星的意外支出从来不可小觑，我必须尽量多排一些班。去年偶像出演了舞台剧，每到落幕时，我想到再也无法见到这个角色就空虚得不行。下一场也想看啊，这种欲望不断地重复，回过神来已经在购票窗口排了好几次队。场刊里登载了访谈，自然是必买，为了预先了解作品的世界观还得购买原作（不过初次观看时不想受先入为主的观念影响，看完第一场后才读了原作），舞台剧特别版封面的原作也想要。周边已经买得够多了，本来还想着写真什么的只挑喜欢的买，但看见墙上展示出来的样片，立刻就改变了主意。偶像的大正复古风学生造型和浴衣造型，还有吐血的片段，看上一眼后，少买一张回家都会后悔莫及。就算 DVD 里记录了同样的场景和构图，但那一瞬间的冲击力，必须通过写真才能留存。错过这次，可能就再也买不到了。我说，"这些全都要"，旁边的女人也说，"全都要"。偶像的一举一动就发生在眼前，这种状态虽然只能持续到舞台剧结束，但偶像留下的痕迹、他的呼吸、他的视线，我都想尽数拥有。落座期间整颗心都装着同一个人的感觉，我想要牢牢记住，为此需要买写真、碟片和周边，作为保存回忆的容器。他在访谈里说过"'偶像居然去演戏'，这种批评并不少见，实际上宣布演员信息时，网上到处是质疑的声音"。但作为偶像，他深知如何展现自己的魅力，至少论存在感，不会逊色于专业演员。更重要的是，这是一个固执的角色，他洁癖般的处世方式逐渐将自己逼入困境，与偶像本人的气质很贴合。就连一些资深的舞台剧爱好者也给出了很高的评价。

　　去看演唱会，再多的钱都不够花，最终我提交的排班申请几乎勾选了每一天。不用去学校，精力会比以往更集中，全身心地应援偶像的暑假要开始了，我如此想着。这种心无旁骛的状态，或许就是我的幸福。

3.

◇◆◇

　被偶像的声音叫醒后，我按照熟悉的步骤浏览网络上的新鲜事。打开博客，新收到的评论和点赞便弹了出来，点一下就跳转到了之前发布的网络日志。

　　大家过得如何呢？我呀，最终还是买了。就是之前那个"语音☆怦然心动闹钟"。不仅命名略显羞耻，钟面上印刷着强颜欢笑的偶像，时针和分针的前端居然还设计了小吊坠，真是一言难尽呢。哪怕再收敛一点点，出一些印刷着

Logo 的圆珠笔或者零钱包也好啊，这件商品令人惊异地集齐了土、贵、羞耻三大要素，被大家疯狂吐槽，结果居然卖得很好，太搞笑了。骂骂咧咧地花八千八百日元买闹钟，大家真是太好忽悠了，是骗子最爱的那类人。不过，就是会忍不住买呢。

自发售以来什么烂评价都有，但没想到用起来还挺爽。再怎么样，到了早上，偶像可是会在你耳边说早安哟。睁开眼首先就会听见真幸的声音哟。"叮铃铃叮铃，早安，天亮了哦，快起床；叮铃铃叮铃，早安，天亮了哦，快起床。"蒙眬的意识瞬间清醒，拍拍浅蓝色闹钟的上方，还能听见他的鼓励："真棒呢，今天也要多多加油。"根本没法拒绝嘛，只有加油了。说实话，甜甜的台词虽然很肉麻，但光是想象一下冰山王子真幸录音时的表情，就止不住笑意，真是可爱啊，好爱他。仅仅是这样的小事，无论今天多冷，呼吸都变得轻盈。发自内心地感到温暖，倦怠感也通通被融化了。啊啊，今天，我应该能坚持活下去。每天早上，我都从偶像那里得到点亮生命的火苗。就这样，今天也沉醉在官方的"榨取行为"中。

负面新闻爆出前写下了这篇闹钟使用反馈，而现在，我都快忘记那种无忧无虑的感觉了，读起来有点难为情。虚无僧已经起床了，或是整夜未眠，她在 Instagram [1] 发了动态，配的照片上有能量饮料、鱿鱼干、芝士鳕鱼条，照片中的电视里是她的偶像濑名，配文"今天地球也是圆的，工作一如既往做不完，偶像还是那么完美"。她

的 SNS 一直是这种风格，仅从自拍来看，她连指甲尖都是精致的，剪着超短的发型，就连不懂时尚的我也能辨认出她全身的高奢。官网上的更新栏出现了《BAKUON 演唱会照常举行的通知》，里面稍微提到了前段时间引起骚动的事件，并宣布上野真幸将按原计划参与演出。不出所料，SNS 上又吵翻了天，但不管怎样，负面新闻爆出后首次与偶像见面的机会没有被夺走，真是太好了。身体里涌起了力量，我踩着地上凌乱的东西走向洗手间。踩过牛仔裤的拉链、漫画的书腰以及薯片袋的银色锯齿状边缘时，脚心刺刺的感觉一下蔓延到膝盖。姐姐沾着化妆水的手按在脸上，一边避开我伸向牙刷的手臂，一边说："学校叫你了吧。"

"这种事怎么不早说啊。"

姐姐的左手按在刚才啪嗒啪嗒拍打过的脸颊上，伸出右手打开了乳液的瓶盖。

我一言不发，将牙刷插进了嘴巴。洗脸后素

颜状态的我，由于头发扎得太紧，左右眼角都高高挑起，脸居然看起来很精神，这或许是错觉吧。我套上深蓝色的polo衫，因为强行从衣架上拉扯下来，衣领已经变形了。我把浅蓝色的蕾丝手帕和蓝边框的眼镜放入包中，最后看了看十二星座的运势占卜。偶像是狮子座，今天排在第四位，幸运物是圆珠笔啊。我将一支圆珠笔放入包里的夹层，上面吊着偶像的橡胶挂件，似乎比笔本身还要重。我没看自己的星座就出门了，没兴趣。

出车站后面临的路通往三个方向，我打工的快餐店在右边那条最窄的小巷里，在隔街修建柏青哥店和公寓楼的那些裤脚沾满泥的男人常常聚在这里吃午餐。夜里，结束一天的工作后，他们又会来喝酒。我虽然费劲地记下了不少熟客的脸，但一到晚上，很多陌生的上班族会来聚餐饮酒，进门的人、出门的人，表情和走路的姿势常常会完全不同，根本对不上号。"好伙伴快餐"，招牌上虽然这样写着，但营业到深夜又提供酒，和居酒屋的性质很像。当时我被贴在门口的兼职招聘广告吸引进来，幸代说："我们不怎么录用高中生啊。"结果，在我开始打工没多久的时候，大学四年级的阿刚留下一句"幸代之前一直不准我辞职哎。小明里来得真是时候"就走了，我才知道这里原来很缺人手。

开门营业前，需要将加压后的二氧化碳溶入清水再补充威士忌，解冻每天都会供应的猪肉，摆放昨晚洗净的餐具，磨刀。整个流程冗杂，必须全神贯注才能完成，我在形成肌肉记忆前不知道被幸代凶了多少次。我一次又一次地试图记住各种情况下的对策，这种时候要这样做，不然就要那样做，忙起来连看备忘的时间都没有。一旦发生意外状况，大脑就会咚咚轰鸣，一片空白。

对面是拉面店，猪骨汤浓厚的香气随夜风飘来，店长与我大喊着"欢迎光临"。店长性格怯弱，平时说话总是轻声细语，唯独"欢迎光临"和"谢谢惠顾"喊得比谁都要粗犷。阿胜肥肥的手指推开了门，得知幸代去了仓库，便交代我多给他倒些酒。方形脸的是阿胜，尖下巴细眼睛的是阿东，不过穿背心的是谁来着？看起来很年轻，爱笑，但眼白部分长得很凶。三人都是熟客，我将毛巾和毛豆递给他们，放好筷子和烟灰缸，刚想掏出点菜单就听见有人说"碳酸威士忌要浓一点"。我说："但浓一点会更贵。""就稍微浓一点点也不行吗？"这切断了我记录在体内的工作程序。"别这样啦。"阿东摘下脖子上的毛巾劝解。"有什么关系。"阿胜眨了眨眼，又拜托我，"好嘛，就一点点。"我说请稍等。隔壁桌刚入座了一群人，靠走道的那位女性忽然探出身体，说不小心把饮料洒了。我在点菜单背面记下三号桌，又说："请稍等一下。"我抽出收银台下方的员工参考价目表，碳酸威士忌是四百日元，碳酸威士忌加浓是五百二十日元，大杯碳酸威士忌是五百四十日元，大杯碳酸威士忌加浓是六百一十日元。阿胜看了，忽然一脸不耐烦："啊啊，是吗，那就要生啤吧。"

接着也不问同行人的意见，他直接点了三杯生啤。

"我说小明里，你懂吗？笑容，遇事不决就先露出笑容。毕竟我们是服务行业。"沾满水渍的方形镜子上映着我紧绷的脸，这张脸正生硬地张开嘴。我的脑海里浮现出幸代的脸，她的嘴上总是涂满了深红色的口红，卡着唇纹。"啊啊，又搞砸了。"我泄气地想着，回到了厨房。最近因为生病而面容憔悴的店长忽然叫我"小明里"，我沉默地对他笑了笑，发现他为我从架子里取出了装毛豆皮用的小盘子。我道谢后拿去给阿东，他睁开眯眯眼说："噢，小明回来了。"之前有一次，我同时拿着好几杯酒摔倒了，后来阿东就不再叫我小明里，而是小明[1]了。我来来回回，因为总会漏掉什么要做的事，阿东又说："小明真是哭丧着脸啊。""不好意思。"我轻声说。与此同时，"不好意思——不好意思——"呼叫服务员的声

---

1 "小明"的日语发音和"婴儿"相同。

音此起彼伏。我回想起幸代经常说"忙不过来就及时叫人帮忙，如果因此接连犯错就太失礼了，要保持冷静"，于是决定去仓库找她，返回的途中又被刚才那位女性叫住，她的声音稍微有些严厉："不好意思，刚才就告诉过你，我的饮料洒了。"

"抱歉，我马上清理。"

"算了，清理就不必了，给我毛巾就好，麻烦了。"

店长一边将猪肉暂时放入冰箱，一边朝我说："好了好了，这边交给我，你快给客人上生啤。"我明明知道店长离开厨房不太合适，但因太过焦躁，我的思考都已经浑浊了。进来时，我听见穿着正装、满口敬语的男人大喊结账，然而只有耳朵记住了，我端着三杯生啤，啤酒泡滋滋作响，仿佛也在催促我。

"总算来了啊。"阿胜撇撇嘴说，"认真干啊，你可是拿薪水的。"他恐怕是想让我游离涣散的视线牢牢聚焦。"噢，那点单吧。"阿胜的声音变得欢快了。生姜烧猪肉、鲫鱼萝卜汤、炖牛筋还有炸鸡块和炸乌贼，我飞快地记录着那些菜的简称，听见结完账的店长和幸代齐声大喊"谢谢惠顾"，我也扯着干涩的喉咙跟着喊"谢谢惠顾"。风声回荡着。关门声连带着窗玻璃震颤起来，紧接着听见外面那些人讨论要不要续摊的声音、幸代冲洗餐具时哗啦哗啦的水声、排气扇与冰箱的声音，以及店长说着"小明里，冷静一点，冷静下来就没事了"时温柔的声音。"好的，好的，抱歉了。"虽然我如此应声，可冷静又究竟该怎么做呢？匆匆忙忙就会犯错，可如果不这样，就会像被拉下电闸一般，我的意识会大喊着："此时此刻也还有客人在等候服务呢！"堆积在身体里的语言满溢着，接近倒流的状态。刚才又涌进来一大堆"不好意思"，完全分不清是来自我还是来自客人，这几乎让我窒息。泛黄的壁纸与壁纸间，接缝处已经落魄地卷起，我悄悄看向挂在那里的时钟。打工一小时能买一张写真，打工两小时能买一张 CD，赚够一万日元就能买一张门票，超负荷打工的皱纹刻印在我的身心。正在擦桌子的店长露出了无奈的笑容，他的眼角也有那样的皱纹。

　　我搬着两个装满空啤酒瓶的塑料箱，扭动肩膀顶开了后门。穿过我脖颈的风，还残留着白天的余热，仅在短短一瞬便冲淡了杂草和猫尿的气味。我屏住呼吸将塑料箱向外推，玻璃瓶叮叮咚咚，摇摇晃晃。"噢。"听见搭话的声音，我保持着弓腰的姿势抬起了头，原来是刚才离开店里的三人组。他们后来还叫了一整瓶芋头烧酒，即使在夜色之下也能看清阿胜喝得脸都红肿了。剩余的酒如果存在店里，需要用白色记号笔在酒瓶上写名字，幸代悄悄凑过来告诉我"胜本"。我写下，"胜本先生，7/30"。

　　"这个？搬到那边吗？"

　　我的身体忽然变轻了，准确地说是箱子被抬

起来了。我穿在围裙里的T恤一下就被汗浸湿了。

"不用了，阿胜，不好意思，太危险了。"

"蛮轻，蛮轻。"

他的声音憋着一股劲："只要腰部重心放稳，再重的东西都……"他的步伐踉踉跄跄，穿背心的人见状赶紧上前扶住了他和塑料箱。"这么重，你一个女孩太不容易了。"一开口，我才发现这个人也醉了。他们应该是喝了酒就油嘴滑舌的那种人吧。我低头道谢，接过塑料箱放在墙边，正打算从忘了关门的仓库里搬一箱新酒回店里时，看见幸代抱着垃圾桶走了过来。阿东似乎完全没有醉意，他对幸代说："还是学生就这么卖力真了不起，现在的孩子赚钱都做什么啊？"

"偶像什么的，之前好像说在追星，对吧？"幸代用装着易拉罐的盒子抵住了后门。

"哎呀！偶像！"穿着背心的人发出了感叹。

"果然，年轻人就喜欢帅哥啊。"

"年轻倒是没问题，但必须面对现实里的男

人啊，否则很容易误入歧途。"

幸代和阿胜的声音从身后传来，我想着必须收拾好易拉罐，便几罐几罐地扔向垃圾桶，接着按扁变空的箱子，准备关门。

"就是很那个啊，一本正经，小明这个人。"阿东抱着双臂望着我，唐突地评价起来。阿胜一听，立刻不满地帮腔："就是说啊。"

"让她稍微给我倒浓一点的酒，就是不愿意，明明之前那些孩子都很大方，唉。"

"喂，阿胜！"幸代笑着打断了他的话。

我与一本正经这个词向来无缘。倒不如说我懒，这要准确得多。

回忆起来，可以追溯到汉字四的写法。明明之前是一、二、三，为什么四会是那种形状？而且一是一画、二是两画、三是三画，为什么四是五画、五反而是四画？老师叮嘱"要多写几遍记下来哦"，从一到十我写了一遍又一遍，却总不能像大家那样熟练掌握。妈妈经常让我和姐姐光里一起泡澡，要求我们背九九乘法表、英文字母表，顺利背出来才允许出浴缸。我总是迟迟出不了浴缸。文字漫天飘浮，姐姐接二连三地吐出陌生的词汇，我却无论如何都连接不起来，泡到快昏厥了，妈妈才会说"算了"，然后把我抱出来。早已闯过难关的姐姐身上包裹着印有卡通角色的浴巾，死死地盯着我。某一天，她忽然说："好狡猾。"

"明明明里背不出来也可以出浴缸，为什么光里必须要背？"

我记不得妈妈是怎么回答的了。我泡得头昏脑胀，姐姐早已得意扬扬地跨出浴缸，而我连浴缸的边边都爬不上去，整个人滑进渐渐变温的水里。连接下水栓的铁链蹭到了肚子，很痛，身体被抱起却还是觉得很重，想不通姐姐为什么说我狡猾。"为什么妈妈只抱明里啊？"姐姐继续控诉，可我并不觉得妈妈的动作可以称为抱，感觉只是拎起某件重物而已。对我来说，光里能轻而易举地答出难题离开浴缸，还能得到妈妈的夸奖，我才羡慕得不得了。

汉字五十问测试也是一场噩梦。得到满分前，我一次又一次地被要求重新写。最后班里只剩下爱吃鼻屎的孝太郎和我。我竭力填满汉字练习本上的田字格，老师说那样做就能记住。我写了一页又一页，直到右手小拇指的根部都变得乌黑。本子上密密麻麻的字看起来油亮油亮的，黑铅的气味让我眩晕，我练习着上次没写出来的"放牧"，心想一定要写完整本。"放牧放牧放牧。所持所持所持所持。感觉感觉感觉感觉。"我以为我写得很完美了。上次把"放牧"写成了"牧放"，这次顺序对了。"持"虽然写成了"侍"，但"所"写出来了。忽然想不起来"感觉"的"感"字，写成了"心觉"。好几个上次能写出来的汉字，这次却写错了，最终只提高了一分，连孝太郎也超过了我。直到学年结束，只剩我一个人没合格。

妈妈开始积极地辅导我们的学习，尤其是英语，不知道这和爸爸在海外工作有多大关系。妈妈为了排解失眠，直到很晚都沉浸在教学里，似乎就是在这段时期，我开始悄悄地抗拒起了学习。"妈妈不夸奖她是不行的啊。"姐姐不知为何选择了维护我，"光姐教你哦。"但姐姐教我的内容，现在能想起来的只剩第三人称单数的 s。当我给动词加上 s 时姐姐会非常夸张地夸奖我，就算我不小心忘记，她也会耐心地再次强调。在姐姐算分前，我绷紧神经反复确认有没有漏掉哪一处 s，最终全部答对。姐姐高兴得像自己答对了一样，第二天又给我出了题，然而，我再次将第三人称单数的内容忘得一干二净。我并不是故意气她。姐姐装作不失望，不过装得很烂。

这样的姐姐在准备高考的某一天，忽然发泄了愤怒。那天的晚餐是关东煮，我一边吃一边隔着门听洗手间里的妈妈发牢骚。姐姐翻开教材，只盛了一点点关东煮，坐在桌边。像往常一样，妈妈数落着我的学业，我朝洗手间的方向大喊"在学啊，我在努力啊"，没想到正在学习的姐姐忽然停下了手，对我说"能不能闭嘴"。

"看着你就觉得荒唐，就有种被否定的感觉。我为了学习连睡觉的时间都舍不得。妈妈也是，因为失眠每天早上都头痛到想吐，却还是得坚持去上班。你整天在追星，这一样吗？为什么这样的你都敢说什么'在努力'？"

"我们为各自的事情努力有什么不好！"

我夹起一块萝卜，咬下一口塞得脸鼓鼓的，姐姐盯着我，忽然哭着说"不一样"。她的眼泪滴落在笔记本上。姐姐写的字很小，但非常工整，即使写得再急都很好辨认。

"你可以不学，可以不努力，但别说什么'在努力'。别否定我。"

啪嗒，萝卜掉进了碗里，汁水飞溅出来。我用纸巾擦起了桌子。就连这个动作都让姐姐恼火，她朝我叫着"认真擦"，接着故意发出很大声响收起了笔记本。

我在擦，而且从来没有想否定你什么。我想要开口辩解，却反复被她的哭声搅乱大脑里的逻辑。

搞不懂了。她维护我的标准、冲我生气的标准，我完全搞不懂了。姐姐像是屏蔽了理性一般，只凭借肉体本能在说话、哭泣以及愤怒。

妈妈，比起愤怒，更像是彻底放弃。她下达了对我的审判。早早意识到这一点的姐姐试图从中调停，自顾自地耗尽了心力。

记不得是什么时候了，我曾经听过母亲念叨我的事情。半夜三点，我忽然醒了过来，去上厕所时透过走廊看见起居室还亮着灯。声音传了过来，姐姐又在帮妈妈拔白头发。"好痛，刚才这根绝对不是白头发吧。""算是杂色啦。"或许是睡意还没有退去，暖色的灯光看起来朦朦胧胧的。

我下意识地竖起耳朵捕捉妈妈的声音，最后清晰地听见一句："对不起啊。"

"对不起啊，明里的学习给你添负担了。"

脚指甲又长长了。大拇指上剃过的毛又冒了出来。为什么怎么剪、怎么剃都还是会再长出来？真是烦透了。

"没办法嘛。"姐姐嘟哝着，"明里就是什么都不会啊。"

我故意走进了起居室。走廊昏暗的灯光仿佛幻觉一般，眼前忽然明亮起来，电视、妈妈买的绿植、矮茶几上的杯子形状忽然都变得清晰。姐姐低下了头。妈妈不以为然地对我说："把洗了的衣服拿进去。"

我无视了她的话。我快步向前，抽出一张纸巾，接着从柜子最下方的抽屉里拿出指甲刀。剪一下，咔嚓一声。我的脚指甲是方形的，剪起来很困难，总会不小心剪到嵌在脚指甲里的肉。妈妈好像又说了什么。我将指甲刀的前端剜出甲床，又继续剪。脚指甲乱飞也不管。全部剪好后，我觉得脚趾上的毛也很碍眼，这才发现镊子在姐姐手里。

"给我用用!"我对姐姐说。姐姐欲言又止,我直接夺过她手里的银色镊子,不顾妈妈"喂"了一声,便拔起了毛。又短又黑的体毛尖尖上还沾了体液,太糟糕了。为什么要无止境地应付这些又剪又拔却还是会再长出来的东西?真是搞不懂。总是这样。大多数事情,都是这样。

重复着这种前进三步后退两步的生活,我不算轻松地进入了高中,然后和偶像重逢了。偶像是会发光的人。他年幼时就进入演艺圈,二十年来不断将自己置于高压之下,我想那是他独有的光芒。"周围都是成年人啊,必须随时察言观色,有段时间也常常钻牛角尖,明明是其他人擅作主张地把我拉进了什么演艺圈。但记得是十八岁的时候吧,我第一次作为偶像登上舞台,周围喷涌着镭射彩条,欢呼声几乎把会场掀翻,我的心忽然静了下来。我想在这里留下让观众难以忘记的瞬间。"偶像曾经这样说过,当时我就确定,他已经成为发光体。

耀眼的他，偶尔也会流露出普通人的一面。他习惯用武断的语气说话，常常招来误解。他的嘴角上翘只是为了表示亲切。他真正开心的时候，舌头会顶在脸颊内侧尽力憋笑。他明明在访谈节目里能自信洋溢地聊天，在娱乐综艺里却一副寡言的样子，眼神飘忽不定。有一次他在Instagram直播时没拧瓶盖就试图喝水，自那以后还多了"呆萌"的人设。自拍总是谜之角度（脸帅倒是无所谓），却很擅长拍静物。偶像的一切都让人爱到无所适从。我愿意为偶像献出一切。献出一切，听起来像烂俗恋爱连续剧里的台词，但只要偶像存在于我的眼前，那是多烂多俗的世界都无所谓。阿胜和幸代说什么"必须面对现实里的男人"，在我听来根本不知所云。

这世界上存在着各种各样的人际关系，认识的人、友人、恋人、家人等，大家彼此影响，在缓缓流淌的生活里泛起涟漪。人们致力于构筑平等的关系，付出了便期待回应，因此极度失衡的单方面追求会被判定为不健康的关系。压根儿没有可能，继续喜欢也没用。为什么要照顾那种朋友啊？诸如此类的批判总是阴魂不散。我根本就没想要回报，却总有人自以为是地说这样很可怜，真是受够了。对偶像的爱慕让我感受到了幸福，没理由被不懂的人说三道四吧。我并不想和偶像结成互相牵挂的关系。或许是不希望他看见现在的我、接受现在的我吧。虽然不清楚偶像是否愿意友好地看待我，但我也无法断言一直待在偶像身边就是快乐的。不过，握手会上短短几秒的交流，无疑会让我兴奋到爆炸。

我觉得隔着手机、电视屏幕，或者在舞台与观众席之间，存在某种因距离而产生的温柔。无法通过与对方交谈拉近距离，无论我做什么也不会破坏这种关系。待在隔着一定距离的位置，持续为某人的存在而动容，这会给我一种安心的感觉。最重要的是，应援偶像时的我抛下一切沉溺其中，尽管这是单方面的情感输出，我却前所未有地感到被填满了。

偶像的基本信息用橘色笔写在活页本上，借助红色遮字板一点点记在脑中。一九九二年八月十五日出生于兵库县，狮子座，B 型血。有一位年长四岁的姐姐，是家中长子。出生才三个月就签约了星光制作公司。初中毕业前后，母亲带着姐姐离开了家，随后他与上班族父亲以及爷爷奶奶生活在一起。"上野真幸的博客"开通一年半就停止了运营，现在主要在 Instagram 上更新动态。推特上只发布通知。十六岁时成立了粉丝俱乐部。拥有丰富的舞台剧演出经历，十八岁时艺人合约从星光制作公司转到奇迹经纪公司，以男女混合偶像团体晰栩座成员的身份开展演艺活动。

偶像出演舞台剧时，我会调查相关的时代背景来绘制地图和人物关系图，因此对俄罗斯的情况相当了解，有次历史考试遇到这个范围的题，不可思议地拿到了很高的分。写网络日志时电脑会自动输出文字，不用承受同学间交换作文阅读时错字被指出来的尴尬。

我是认真地在追星。解析偶像的言行，记录在博客里。拖动着电视节目录像的进度条来回做笔记时，脑海里会闪过姐姐安安静静地埋头学习的样子。是偶像让我知道，原来我也能全神贯注地投入一件事中。这一天的排班只到下午三点，回家路上不像往常那样困倦，穿行于发丝间的风也很惬意。我倒了杯冰水盘腿坐下，遥控器因为汗渍微微发亮，按钮上乳白色的文字已经糊到难以辨认。一摁，电视就出现了画面，由于室外太明亮，看起来有些吃力。四点才公布投票结果，还没到时间。打开 SNS 一看，晰栩座的关联词已经在热搜榜上占据了二三席。

回收废品的车聒噪地驶过窗外，耳边回荡着小型犬的吠声。大腿从地板上抬起时，腰椎泛起钝痛，总觉得空调房里的地板比平时更坚硬。四点一过，节目开始了。我听见开锁的声音，下班回家的妈妈一进门就暴躁地冲我喊道："喂！开空调为什么不关窗户？喂，在听吗？衣服怎么也不换，别耽误我洗衣服的时间。"

我"嗯、嗯"地应付着站起身来，眼睛还是舍不得离开电视屏幕，摇摇晃晃地试图脱下牛仔裤。妈妈又说："把窗帘拉上。"接着哗的一声，电视被关掉了。我终于转头看向妈妈。她没绑好的碎发悄然滑落在脸颊的一侧。

"你在听吗？"

妈妈拿着遥控器的手背向了身后。

"嗯，对不起，但刚刚正好到了重要的地方。"

"不会给你的。"

"为什么啊！"

"你给我适可而止！"

让我道歉我就道歉，让我关窗我就关窗，让我换衣服，我马上脱掉打工服换上了睡衣。最后，我还按要求刷浴缸、吃掉早上剩下的炒饭、洗好堆积的碗筷、把姐姐上午叠好的干净衣物拿回房间，再拿到遥控器时，投票结果已经公布了。

偶像坐在第五名的座位上，瞬间我反应过来，他这次拿了最后一名。

我的大脑一下子被侵蚀成黑色与红色，那是一种难以言喻的愤怒。为什么？我小声嘀咕着，涌起的怒气在刹那间带着热意加速了。上一次，偶像坐在正中央那张包裹着柔软布料的豪华椅子上，因为浮夸的王冠，露出了困惑而腼腆的笑容。那微微突破了心理防线的表情，实在是少见又可爱。我将它设为壁纸，怎么看都看不腻，还为此发了SNS："爱到不行，这简直太可爱了，努力得到回报了呀。"然而此刻，偶像坐在最普通的椅子上，双脚一前一后，附和着主持人抛来的话。我无法细看他的脸。我觉得无地自容。作为粉丝，自然会共情偶像坐在椅子上的心情。"为什么？""唉，好难受。"我在手机上敲起了字，在线的人纷纷点赞。芋虫还给我回复了哭泣的颜文字。

　　无能为力。我深切地认识到那件事造成了多大的影响。那件事，对偶像造成的损失无法估量。这次大家应该都投入了加倍的预算，但这并不是我们这群人努力就能解决的问题。即便如此，他与第四名的美奈姐的差距其实不到一百张。我几乎花光了打工的薪水买了五十张，可还是忍不住想，如果真的做到不遗余力，是不是会有更好的结果。假如大家都能再多买几张，偶像或许就不会惨不忍睹地从第一名掉到第五名了。其实偶像在电台里念叨过好几次，他觉得这种机制并不合理，虽然感激粉丝们的投票，但希望大家量力而行。我明白，他不会很在意结果。可是，隔着屏幕似乎也能感受到他的局促。"最后请各位发表一下感言。"偶像最先拿到话筒，他用双手牢牢地握住话筒，伴随着微微的呼吸声，开口说道："首先，明明发生了那种事情，我却依然得到了来自粉丝的一万三千六百二十七票，真的非常感激。

我让你们的期待落空了，很抱歉。这次我没能回应大家的期待，虽然不甘心，却也觉得豁然开朗了。每一票、每一票的重量，我都切切实实地接住了。谢谢你们。"

偶像常常被诟病发言太简短，但对我来说已经足够了。窗帘晃动时，电视里的偶像似乎也因为炫目的光而眯起了眼睛。眯眼时像小狗一样皱起鼻子的动作真的好可爱，我的心脏，就那样被紧紧地揪住了。

输掉毕业前最后一场棒球赛的高中生，常常会用"夏天结束了"来形容那种心情，可是这一天，对我宣告了夏天的开始。

不能再温温吞吞地应援了。我决定只注视偶像一个人。看见二手转卖的偶像周边很难受，那就尽量都买回家，箱子从冲绳、冈山等地寄来，我取出那些旧徽章和写真，小心翼翼地擦掉灰尘，然后装饰在房间的展示架上。我不再为追星之外的事情花钱。打工时间一如既往地难熬，但一想到是在为偶像打工，心情就明朗不少。八月十五日，我在自己认为最美味的蛋糕店里买了一整个海绵蛋糕，巧克力片上画着偶像的脸。我点亮周围的蜡烛后上传了 Instagram 动态，接着一个人吃光。吃到一半时喉咙开始发苦，可是一旦放弃，不仅会浪费难得买来的蛋糕，对偶像也是一种不真诚。于是借助草莓的水分将卡在喉咙里的奶油吞下去。胃忽然紧缩，我还是强行吞下蛋糕，齁甜的滋味让我恶心到想吐。跑去卫生间用食指和中指刺激舌头，喉咙抽搐着，呕吐物的气味率先冲向脑门。硬撑的眼眶渗出了泪水，身体里响起了空气上涌的声音，啪嗒啪嗒啪嗒，呕吐物带着甜味涌了出来，混着马桶里的积水，溅了好几滴在我脸上。我扯下卷纸擦拭弄脏的两根手指，然后将纸巾扔进马桶一起冲掉。我反复呕吐，胃部绞痛着，仿佛身体破开了窟窿。在水龙头下搓洗双手时，我发现镜子里映着眼睛红红的女人。我和那个女人朦朦胧胧地对视着漱口，吐出来的水里掺杂一丝血和胃液，难闻。爬楼梯的脚、抓紧栏杆的手，返回房间的每一步都很艰难，但或许，我下意识地在渴求那种艰难。

故意让肉体逼近极限，因此内心雀跃，我开始意识到自己在追求艰难的感觉。体力、金钱、时间，将我所拥有的一切倾注给某个存在。我会因此感到被净化。将痛苦换来的东西通通倾注其中，能让我感受到自身存在的价值。明明没有那么多素材，我却每天都更新网络日志。浏览总数在上涨，每一篇网络日志的浏览量却在减少。我连关注 SNS 都觉得费劲，便退出账号。浏览数怎样都无所谓，我只想真情实感地应援偶像。

4.

◇◆◇

　待在保健室时，时间仿佛不会流动。下课铃响，随即走廊上传来喧哗声，窗外树叶婆娑作响，我躺在冰冷苍白的小床上，这一切都变得很遥远。目光从灰白斑驳的天花板移开，对焦在反射着强烈光线的银色窗帘轨道上，我再次感到眼前一片模糊。这个夏天的暴瘦让我的大脑时刻蒙着一层薄雾，整个人处于颠三倒四的状态，忽然被拽进新学期，很快就撑不住了。视野右侧隐约出现了星星点点的红色血丝，青春痘绽开了。妈妈说过青春痘很脏。网上写着护肤需要温柔地洗脸和保湿，显然我没有那么悠闲，我洗起脸来毫无节制。

为了遮脸，我留长了刘海。我仿佛持续着长时间泡澡后起身的眩晕感，习题没完成，古文课的讲义忘在了家里，必须整晚听偶像清唱的摇篮曲才能睡着，耳朵很痛。我几乎是整个人趴在桌子上听课，但第四节课是五人小组协作翻译英文，我不得不站起来。乌云挂在天际，教室里稍显昏暗，大家的气氛也不高涨。我低头抬起课桌的两端，试着搬动它。大家自然而然地聚集成群，相互调整人数，最后只剩伸长双臂抱着课桌的我呆立在原地。皮肤开始发烫，环顾四周时发现大家的视线都落在了我身上。我忽然就不会动了。秒针走动的声音萦绕在胸口，戛然而止。

身体自动回忆起几小时前的那种感觉，我不禁蜷缩起来。本想让一切消融在睡梦里，老师忽然微微撩开隔帘对我说："小明里，可以起来一下吗？有岛老师有话想跟你说。"我爬起身来。侧躺的缘故，稍稍移位的内脏有种颤颤巍巍的感觉。班主任是位男老师，他走了进来。进入保健室后，无论是哪个老师，他的氛围都会与在教室以及办公室时有所不同。

"没事吧？"

班主任的语气既像挖苦又像无可奈何。班主任快四十岁了，说话时嘴唇几乎不动。在教室时很容易听不清，而在这种环境下，音量就刚刚好。为了保护学生的隐私，保健室里设置了专门的咨询室，我被带向了那里。班主任刚落座就对我说："最近，好几位老师反映了你旷课的情况。"

"对不起。"

"觉得累？"

"嗯。"

"为什么会累呢？"

"唔，说不上来。"

班主任夸张地挑起了眉，显然，我让他很头疼。

"唉，我倒是无所谓，但继续这样下去就要留级了。你应该知道吧？"

一旦留级就很可能会被退学，退学后要做什么呢？类似的话题我已经和家人说倦了，又听班主任念叨了一番，接着他问我："学习很痛苦吗？"

"算是吧，又学不会。"

"你觉得，为什么学不会？"

仿佛喉咙被掐住了一般。为什么学不会？我还想问呢。眼泪涌了上来。在眼泪溢出来之前我想到了脸上的青春痘，哭哭啼啼该多丑陋啊，于是我忍住了。如果是姐姐，哭得一塌糊涂也不会难为情，但在我看来那是一种撒娇，很卑鄙。那是一种败给肉体的感觉。我缓缓地放松了眼角和咬紧的牙齿，将意识逐渐抽离。风声很响。学生咨询室里的氧气很稀薄，让人压抑。班主任并没有不由分说地训斥，反而试着说服我："不过，还是毕业比较好啊，正是要紧关头，尽全力比较好。就当是为了今后考虑。"我明白他说得有道理，可是脑袋里满满的都是"我现在就很痛苦"的念头。究竟应该听取劝告，还是逃避一些事情来进行自我保护，我根本无法做出选择。

高中二年级的那年三月，我被正式要求留级了。回家时，我和来面谈的妈妈一起走到离学校最近的车站。以前早退或是在保健室时，我常常会觉得时间被撕成了碎片，此刻这种悬而不决的感觉越发强烈，就连妈妈也好像被感染了。明明没有哭，两个人却都像哭累了一般，有气无力地走着。这种感觉太异样了，就算留级也是相同的结果吧。想到这里，我决定退学。

以前上学时，我都会在路上听偶像的歌。时间充裕，听舒缓的歌，时间紧迫，听轻快的歌，就这样朝车站走去。歌曲韵律的快慢会直接决定我走到车站的时间，我的步幅、我的节奏，完全被那首歌支配着。

自己支配自己需要力气。乘着歌走路会轻松一百倍，就像坐电车或是电梯一样。下午，坐在电车里的人看起来都不慌不忙。之所以呈现出安逸的氛围，一定是由于大家都被"正在移动"的安心感所包裹着。不需要自己动却稳定地移动着，所以才能悠闲地玩手机甚至睡觉。等候室的情况也很相似，连阳光都带着寒意的日子里，在室内穿着大衣"等待着什么"，仅仅是这样也会让人感到惬意和温暖。与之相对，躺在自家的沙发上，裹着沾染自己体温和气味的毛毯，玩玩游戏，困了就打盹儿，但看着夕阳西沉时，心里居然会因为浪费了时间而聚集乌黑的焦虑。在我看来，有时候什么都不做，会比做着某件事更痛苦。

在家人聊天群里得知我退学的姐姐回复了一句："是吗？真不容易呢。辛苦了。"傍晚，她忽然来到我的房间。"我说你啊，"姐姐说，"知道你很痛苦，暂时休息休息吧。"

她一脸尴尬地环视着我蓝色的房间。妈妈经常会鲁莽地闯进来，姐姐明明就住在隔壁，却已经很久没来过这个房间了。

"嗯，谢谢。"

"没事吧。"姐姐的尾音很微妙，既不像提问也不像劝解。我回答她："嗯。"

最不能接受我退学的是妈妈。妈妈在心里描绘了理想生活，但现在围绕着她的环境已经完全偏离她的心愿。不仅仅是小女儿退学了。年迈的母亲身体状况恶化，最近新换的主治医生态度冷冰冰的。直属部下怀孕导致工作量增加。电费变高了。隔壁夫妇种的植物长势喜人，枝叶延伸到了我们家。丈夫原本计划的短期归国因为工作延期了。锅刚买回家，手柄就脱落了，厂商售后手续很麻烦，一周过去了替换品还没有寄到。

她的失眠一天比一天严重。妈妈嘟囔着白发又变多了，对着镜子挑了很久很久。眼袋也变深了。姐姐给妈妈买了网上很火的遮瑕膏，据说遮眼袋有奇效，这反而激怒了妈妈。姐姐因此哭了。哭声太吵，惹得妈妈更加烦躁。

叹息声像尘埃一样飘落在起居室里，抽泣声渗入地板的缝隙和收纳柜的木头纹理中。粗暴地拉扯椅子，更粗暴地摔门，所谓家，或许就是堆积这种声音的地方，在咬牙切齿与怨言相对之间，渐渐积起灰尘、生出霉菌，一点点地变旧。摇摇欲坠的家，倒不如说本就渴求崩坏的瞬间。外婆的死讯，就在这种时候传来了。

那天打工，因为放凉了烹饪步骤复杂的盐烤秋刀鱼，我遭了骂。回家时妈妈正在梳头，一边慌慌张张地关上门窗对我说："要出门了。"

"外婆过世了。"

妈妈暴躁地连按了几下遥控器关上电视，接着关掉日光灯和排气扇，家里顿时陷入寂静，姐姐的眼睛已经红了，正在往盛茶的空塑料瓶里倒水。

"快换衣服。"

太突然了。像在吃一大袋独立包装的巧克力，吃着吃着，忽然被人告知现在吃的是最后一块了。我就这样知道了外婆的死讯。

坐上车后，一时所有人都失去了语言。只有

握着方向盘的妈妈在哭。她面无表情，任眼泪自然滑落。视野变得模糊了，她就机械性地擦掉。上高速后，姐姐背对着我，出神地看着车窗外闪过的光晕。忽然手机提示音响起，是成美发来的信息，她说今晚想和我打电话。光看文字，浮现在我脑海里的是成美整形前的样子。似乎是去年，我退学前的那次升学季假期里，她去做了割双眼皮手术。假期结束，她的眼睛还没有完全消肿。成美不是听不见同学们的闲言碎语，但眼睛一天比一天恢复得漂亮，她根本就不在意别人的眼光。简单来说，她眼里只装得下偶像。OK，我用表情包回复了她。那是晰栩座成员的语音表情包，刚发出去，濑名的声音就格外愉悦地响了起来，"OK"。姐姐挪了挪身体，继续凝望着窗外。

妈妈在医院处理外婆遗体的搬运事宜，我和姐姐先去了妈妈以前的家。姐姐先将桌子上散乱的报纸和过期的海带、小粒梅干包装袋扫到一旁，然后浸湿了干硬的抹布。布满灰尘的桌面泛着白色，轻轻一擦就显现出原材质的光泽。桌面倒映着圆形的日光灯，我们将从便利店买来的便当摆在上面，放好一次性筷子。比起我家附近的便利店，这家的炸鸡块和鸡排看起来大了一圈。"现在吃吗？"我问。姐姐看了眼时间，回答："随便吧。吃也可以。"

我在回廊边草草地穿上拖鞋走向庭院。这里围着石墙，小池塘里映着柔柔的月光。我给成美打电话，只响了一声就接通了。"哈啰——"果然听见声音的瞬间，脑海里浮现的也是成美以前的脸。"怎么了啊？"我问。她便说："好久不见了嘛。""是呢。""上学，好寂寞呀。""我这边发生了很多事。""是吗？""是啊。"我们陷入了短暂的沉默。

"成美那边，也发生了不少事吧？"

"猜到了？你可得做好心理准备，是相当劲爆的消息噢。"

我原本像走平衡木一样踩在池塘周围的石子上，百无聊赖地应付着对话。听到这里，我饶有兴致地回到了地面。

　　"什么？是什么是什么是什么？"

　　"私联了。"

　　什么——我惊讶地张大了嘴，感到有小虫飞扑而来，慌慌张张地想要拂开。大脑一阵晕眩，跌坐在回廊上。

　　"太厉害了！唉，真好啊。"

　　"是双眼皮整形的效果啦。"

　　"不至于吧。"

　　"不，就是至于啊。"

　　成美说得一本正经。透过声音，我几乎毫不费力地想象出她一本正经的表情。

　　"那家伙偏偏就喜欢欧式平行双眼皮。自从我整形后，他态度完全变啦，约会时也说现在这样美多了。"

　　"等等，交往了吗？"

"怎么说呢？虽然没交往，但是……你懂吧？"

我抬起穿着拖鞋的脚，径直躺在地上，重重地喘了口气，连连感叹："骗人的吧。真的吗？哦，这样啊。"现在轮到我变成表情包了，"惊呆了"，就是此刻对着天花板瞠目结舌的我吧。单纯的情绪波动让我感到自己也变成单纯的人。单纯的对话结束后，我挂掉电话。

空气里飘浮着大海的气味。海就在长着青苔的石墙对面。我想象着夜晚的海，泛光的纹理或许像油，汹涌澎湃。意识深处摇曳的不安感袭来，这一瞬间，我想起外公去世时外婆的样子，可就连这种思绪也被黑暗的深海吸走了。我又想象起了生命到最后一刻会是什么样子，同样也随海水被冲散了。

我回到起居室，想要逃离这种恐惧。妈妈和短期归国的爸爸也到家了。葬礼结束前，我们一家人都需要住在外婆家。

我打开手机，重温一些现在免费公开的老视频，调到最高清画质，然后截图。无论何时，偶像都好可爱。不是甜美的花边、蝴蝶结或是粉色系的那种可爱，也不是长相可爱。非要形容的话，他的可爱，是"乌鸦，你为何啼叫？因为在山里，有七只可爱的小乌鸦呀"这支童谣里的"可爱"。让人哀愁、让人产生保护欲的"可爱"才是最强的，不管今后偶像做什么、变成什么样的人，这种可爱都不会消失吧。

　　"没有电吹风吗？"姐姐肩上挂着一条褪色的毛巾，一边擦头发一边朝起居室发问。妈妈正看着综艺节目哈哈大笑，慢半拍才回答："哦哦，应该有吧。"

　　"明里，你也去洗吧。"爸爸说。

　　"爸爸呢？"

　　"我最后洗就好。"

　　"就你每次洗最久，早点去洗吧。"

　　昏暗的走廊泛着潮湿的霉味。浴室位于走廊

尽头，是这个房子里最阴冷的地方。浴缸只有普通家庭的一半大小。风从朝北那扇怎么都关不紧的窗户灌进来，格外寒冷，但泡在热热的水里，反而有一种舒适的温度差。我浸在浴缸里，摆弄着带进来的手机。不管待在哪里，不被偶像的信息包围就没安全感。这段时间，我甚至觉得这台方形电子设备已经变成我的房间、我的容身之所。

我的手机相册里，几乎没有家人或是朋友的照片。手机和电脑都是一团糟，唯独偶像的照片，工整地被放进童年时期、舞台剧演员时期、偶像时期等几个文件夹，查找起来非常方便。最近的"心动一号"是偶像配文"头发护理得有光泽了。亮亮的"上传在 Instagram 的照片。镜子里，短发的他一手举着相机，一手竖着小树杈，很可爱。虽然表情严肃，但这种手势实在少见，我不禁猜想，他这天应该心情很好吧。"脸太帅了……浅发色也很适合你呢。期待演唱会！"我留下评论。"发色是不是有些泛蓝？光线原因吗？不管怎样都很帅,不愧是真幸!""今日眼部保养完成,谢谢你来到这个世界。""这件衬衫,好像是青鸟?""震惊!我也刚染发,这就是命中注定吗?哈哈!"距离去年七月的负面新闻已经一年有余,评论区也逐渐变得友好了。虽然部分黑粉阴魂不散,但转念一想,他们已经比新粉丝追踪偶像的动态还要久了,我只能表示震撼。粉丝因为某些契机转成黑粉的情况并不少见,这些刻薄的评论应该大部分出自这群人。匿名论坛上一如既往地充斥着花边绯闻。以往偶像的绯闻对象都是模特或者主播,最近居然围绕那条负面新闻,深挖起被殴打的女粉丝。或许她并不是粉丝而是女朋友,只不过因为偶像职业的特殊性没有公开。一会儿说找到了疑似本人的 Instagram,发现她停止上传自拍的时期正好对上了事件爆发的时期,一会儿又说她照片里拍到的马克杯似乎和偶像的是一对……越挖越离谱儿,仿佛狂欢。

我坐在浴缸的边缘,将手机放在窗台上。一

旁还放着洗衣液，瓶口处沾着头发和灰尘，已经凝固了。透过交错着黑色斜线的窗玻璃，可以看见对面围墙和花朵的颜色。作为公众人物，就算是一点小细节也会被放大、被谣传，这也没办法吧。我踏出浴缸想要洗头，弯腰时发现自己映在一面细长的镜子里，身体瘦得可怕，脚底的力量瞬间就像被抽走了一般。

　　返回起居室，不知为何聊起了找工作的话题。

　　我听从妈妈的命令坐在沙发上，爸爸镇守在我的面前。妈妈在一旁收拾桌子。爸爸和妈妈，显然是刻意营造出沉重的氛围。我的脱力感一下子涌了上来。

　　姐姐仍然是散漫的坐姿，她用毛巾拍打着半干的头发，假装在看电视。或许是泡澡促进了血液循环，她的耳朵红红的。她目不斜视，却也隐约透露着紧张。电视设置了实时字幕，因为外婆的听力一直不好。

"最近怎么样？工作，在找了吗？"

明知故问。爸爸将双肘搭在桌子上，双手交握着。那副煞有其事的夸张姿势，实在很讨厌。

"没找，完全没找。我说她好多次了，次次敷衍我，'在找了在找了'，还反过来冲我发火。总算有所行动了吧，装模作样给两三个公司打了电话，又熄火了。心思根本就不在这上面。"

妈妈睁大了眼睛抢答。抱怨之余，语气里居然洋溢着兴奋。或许是爸爸在场让她舒心不少，又或许是外婆的离世让她的心态发生了转变。爸爸没有接妈妈的话茬儿，再次问我："到底怎么样？"

"找是找了。"

"投了简历？"

"没。打了电话。"

"无药可救。"妈妈又开口了，"总是这样，总是这种态度。想着混混就过去了。"

"已经半年多了吧。为什么没有任何行动？"

"因为我做不到。"我话音刚落,妈妈就反驳道:"骗人,明明还有心情去听演唱会。"

沙发表面的黑色合成皮已经开裂,露出里面黄色的海绵。

"这样说很无情,但我们不可能永远养着你,知道吧?"

我一边用手指掏起沙发里老旧的海绵,一边说着将来的打算。我试着转变态度,说些我根本不可能做到的事,却在不经意间瞥到爸爸虚张声势的样子,便一阵反胃,来不及反应就已经露出冷笑。因为,我忽然想到了爸爸的推特。传说中的"卖萌大叔体",爸爸简直运用得出神入化。有一次,某位女声优的推文转到了我的首页,点开评论,配图里发现一张眼熟的绿沙发。我心想真巧啊,点开大图一看,不管怎么看都是爸爸在外派地的房间。

"和佳奈美儿买了一样的沙发(^_^)加班 & 一个人孤孤单单地夜酌(;^_^A)明天也要加

油呀！"

好几篇推文都用了相似的颜文字，以红色惊叹号结尾。因为被调去海外工作而离开日本的爸爸，穿惯了颜色张扬的西装，偶尔回来也满嘴大大咧咧的话。偷窥毕竟不太好，那之后我也没有再看过。虽然已经记不得他的账号，可想到他会卖力地回复女声优的每条推文，就觉得很滑稽。

"笑什么，认真听啊！"

妈妈朝嗤笑的我怒吼，接着站起身，用力地晃动我的双臂。姐姐的肩膀也颤了颤。我抠下来的海绵轻飘飘地落在地上。

"别这样，别这样。"听见爸爸的劝阻，妈妈陷入了沉默。接着她压低声音，嘴里骂骂咧咧，脚底啪嗒啪嗒地上了楼。姐姐拿起妈妈忘在起居室的手机，追了过去。

有什么和以往不同了。只有爸爸，维持着气定神闲的姿态。

"既不升学又不找工作，那别想要钱了。定

一个期限吧。"

爸爸有条不紊地规划解决的路线。他脸上浮现着那种能够轻易渡过各种难关的人特有的微笑，冷静而清晰地下达宣判。爸爸和其他大人说的那些话，其实我全都明白，也已经无数次审问过自己。

"不工作的人是活不下去的啊。野生动物也一样，捕获不了食物就会死掉。"

"那就死吧。"

"不是不是，刚才的话不是这个意思。"

他一边劝慰一边打断我，真叫人恼火。明明什么都不知道。偶像或许也为此痛苦吧。这种不被任何人理解的感觉。

"那是什么意思？"我哽咽着问。

"总说什么工作、工作，我就是做不到啊。医院也说了，你不知道吗？我做不到像普通人那样啊。"

"又找这种借口。"

"不是借口，根本，不是什么借口。"我一时没喘过气，直接破音了。姐姐一言不发地下楼，呆立在我视野的边界处。姐姐那件绿色的 T 恤越来越模糊，我强忍的眼泪溢了出来。哭出来了，真的好不甘心。被肉体夺走主导权，任肉体留下眼泪，真的好不甘心。

我抽抽搭搭地流泪，哭得很凶很凶。

"就这样吧。别吵了。"

一直沉默的姐姐突然插话。爸爸看向窗外，似乎想要再说些什么，最终还是把话咽了回去。

"怎么说呢，到此为止吧，别吵了。你要不要先试试一个人生活？一成不变，只会一直痛苦吧。"

雨水滴落的声音，啪嗒、啪嗒，回荡在这个空间里，仿佛温柔地掌掴着我们三人。秋季的雨清澈又冰凉，缓缓地摧毁我空空如也的家。

最终，我搬来了外婆家，不再去打工，暂时从家里拿生活费，我对家人说这是为了找工作。

我这段时间打工缺勤，完全忘了联系店里，直到幸代打来电话。

"我知道你很努力了，但是啊，我们是做生意的。"幸代说。

"所以对不起了，小明里。"

5.

◇ ◆ ◇

　　几天前，我在车站前的小店里站着读完一篇
名为"晰栩座·上野真幸与谜之二十岁美女同居？
粉丝流失加速中"的报道。偶像所在的团体并不
禁止恋爱，他在访谈里也说过"想要顺其自然地
结婚"。报道里说粉丝很震怒，给他打上了偶像
失格的烙印，不过，我倒是不生气啊。偶像戴着
大大的太阳眼镜，手里拎着超市的购物袋，确实
有些违和感。

　　远处传来小朋友嬉戏的声音，传进耳朵深处，
仿佛正在沸腾一般。黄昏时分，各种声响总是格
外聒噪。差不多要到偶像预告过的 Instagram 直播

时间了。

我囤了很多鸡肉速食拉面，撕开包装，碎掉的面渣哗啦啦地散落在碗里。偶像直播时一般会吃饭，和偶像一起吃，多少能涌起一些食欲，我会准备好食物等他。偶像推荐的电影，我会租碟片来看，偶像提到有趣的视频博主，我也会去那些频道看看。深夜电台里，听见偶像说晚安，我就会乖乖睡觉。

忽然想到忘了烧水。水壶放在火上，被炉[1] 散发着一股怀旧的气味，脚刚伸进去，手机里的直播就开始了。

一开始是偶像的眼睛越贴越近，他喃喃自语着"看得见吗"。接着身体向后退，穿着卫衣的偶像故作严肃，却难掩害羞地摸了摸短短的头发。弹幕瞬间刷了起来——"看见了哟""清清楚楚""可爱""看得见！""信号没问题哦！"。偶像的一举

1　日本的传统取暖用具。

一动就发生在眼前。此刻，某处的他正盯着手机屏幕。"剪头发了？"我也发送了弹幕。滚动的弹幕里出现一条"今天是我的生日"，偶像目光流转，稍有延迟地回应："噢，生日啊。生日快乐。""我在准备考证。""真幸，我找到工作啦！""请叫一下我的名字由香。"看着来势汹汹的弹幕，偶像皱起鼻子，露出了苦笑。直播画质实在不敢恭维，刚刚的表情一瞬便消失了。只见偶像举起一个塑料瓶说："这个啊，没错，是可乐。"

"我还叫了外卖。寿司、沙拉还有饺子呢。"

"会发胖啦哈哈哈。""得花不少钱吧？""确实很方便呀，最近我也经常点。"

偶像托腮看着屏幕。眼神稍显飘忽，似乎在犹豫该回复哪一条。茫然的表情未免太可爱了，我赶紧截了图。因为他时不时会闭眼，我瞄准时机，截了好几次。我注意到他身后的沙发上有抱枕和小熊玩偶，下意识地嘀咕："怪了。"或许是因为小时候那次出演教育节目的经历，偶像说过，他对玩偶服有心理阴影。

"虽然不确定是不是当时留下的阴影，现在还是很抗拒呢，玩偶服。一般的玩偶可能也不行。"

我抽出以前记录的档案，标注着"不擅长事物"的活页本里，的确是这么写的。叮咚，门铃响了。"外卖到了，稍等一下。"偶像说着，刚站起身就听见啪嗒一声，貌似是碰倒了立着的手机，摄像头的视角漂移了，出现了墙壁和窗户的画面。"好险。"偶像轻叹一声，将手机重新扶好。"抱歉了。"突如其来的低音让我的心跳加速了一下。屏幕对面陷入了沉默。隔着耳机，隐约听见自己这边的声响。我摘下耳机，噗噜、噗噜的声响顿时变得清晰起来，跑去厨房一看，沸腾的水溢出了。我赶忙关火，往碗里倒热水时，右手差点没拿稳手机。回到镜头前的偶像非常少见地笑出了声音。我心一慌，糟了。没看到他为什么笑。虽然想倒回去看，但又不想错过实时的画面，必须结束后再看了。严格来说，直播也存在一定的延时，但还是与剪辑后的DVD、CD不同，仅仅相隔几秒，影像里依然残留着偶像的体温。因为开了暖气，我把窗户关实了。窗外，石墙上方渗着黑色的水痕，是傍晚的阵雨。

偶像回来后向我们展示外卖盒，里面全是炙烤三文鱼口味的寿司，随即弹幕里出现了好几条吐槽。偶像对于喜欢的食物向来没有节制。有弹幕问："吃不腻吗？"他郑重地表示："我只想用喜欢的东西填饱胃。""炙烤三文鱼，好吃。"为了抑制心满意足的笑容，他又将嘴里塞得满满的。对待每一粒米都很认真，时不时就咀嚼着陷入无言状态。我坐在昏暗的起居室里，跟着咀嚼没完全泡开的面，忽然看见弹幕里出现"卖不出票，开始拼命媚粉了啊"这样的言论。同一个账号还连续发送了"可燃垃圾就老老实实地滚进垃圾桶吧""只有脑残粉会去看这种家伙的演唱会呢"，想忽略都难。偶像以往都会冷漠地无视这类言论，今天不知为何，他居然说："不想来的人不必来，我并没有为观众发愁。"在过去的电视、电台节目里，他从来没有过如此不耐烦的语气。偶像放下了筷子，弹幕栏的刷新速度也稍稍放缓了。

偶像反复挪动身后沙发上的抱枕，如同在安置自己的心脏，他似乎冷静了下来，深呼吸，然后说道：

"虽然，下次是最后一场了。"

偶像的话，听起来有一种发自肺腑的真诚。我的大脑一片空白。弹幕里也接连出现感到迷惑的问号。或许有延迟，还有一些人在攻击黑粉。

"在这种场合说出来或许有些草率，但再过不久官网也会发布这则消息。我想，不如由我亲口告诉大家吧。"

咔嚓一声，偶像拧开了可乐瓶盖，一口气喝到标签的下方。

"退团？不，不仅是我。准确来说，是解散。"

"欸""？？？""等等等等等等""什么——""骗人的吧"。

弹幕区一片混乱，弹幕飞快地滚动，其中混杂着不满的声音——"任性的真幸大人，真是一如既往地自私啊""我也最喜欢真幸，但这样做太自私了吧？其他成员很可怜""至少等到官方发布啊……""别废话，赶紧解散算了"。

　　偶像看了眼时间，说："其他的话，只能等到发布会再说了。"他沉默地注视着排山倒海般袭来的弹幕，轻声呢喃了一句"也是呢"。我想，这应该不是在回应特定的某一条弹幕。

　　"啊，真抱歉。但我确实想先告诉来我直播间的人。毕竟在发布会上，不会有这种对话的感觉。我实在很讨厌啊，那种单方面的宣告。"

　　"你这才是单方面的宣告吧""不愿相信""咋回事，你这种如释重负的感觉（笑）""总之，发布会是明天吧？""在哭了""太突然了，要我们怎么办"。

　　"对不起。我，太随心所欲了吧？"

　　偶像苦笑着。他说："我都明白。至今为止，谢谢你们了。追随我这种人。"

被淹没在大量的怨言中，我却在意偶像第一次说出了"我这种人"这种话。

说再见后，偶像也没有马上断掉直播，仍然注视着弹幕区。偶像在等待着某句话吧。我明明想要对他说些什么，却找不到合适的语言。过了一会儿，似乎是觉得再等下去就没完没了，偶像深深地吸了口气，结束了直播。

结束后我才发现雨已经停了。我看见鸟笔直地穿过傍晚的天空，消失在石墙的另一侧，而我的身体仿佛停止了运作。

散发着清炖肉汤气味的残汁上，漂浮着一块又一块的油脂，倒映着日光灯。碎面黏附在碗的边缘，已经干巴巴地失去了颜色。三天后，整碗汤会变得黏稠；一周后，会开始散发恶臭；一个月后，会自然而然地融入房间。妈妈有时会来看我，逼迫我收拾好起居室和厨房，但很快又会脏起来。杂物堆积着，我光脚走路时，不小心踩到记不得什么时候扔在一旁的塑料袋，发黑的菠萝汁沾在了脚上。背上痒痒的，我决定冲个澡。我想直接从晾衣杆上扒下内衣和家居服穿，走到庭院里才稍稍回过一点神。

　　阵雨、洗过的衣服，明明都是我能辨认的要素，却无法将它们连在一起思考。已经记不得是住进这个房子后的第几次了。弯曲的晾衣杆上，淋过雨的衣服纠成一团，颜色变得很深。我想，这得重洗啊。我试图拧浴巾，水啪嗒啪嗒地滴落，回响在身体的空洞里。我感觉到水滴落在草地上的重量，彻底烦了，索性也拧了拧湿掉的衣服，再不愿多看一眼。就放在这里吧，迟早会干的。

　　这股重量没有放过我。搬来外婆家已经四个月了，说是要找工作，但该如何找，我完全没有头绪。随便在网上搜了几家附近的公司，在面试时被问到从高中退学的理由，我答不上来，被拒了。我也试着找了零工，面试时被问到同样的问题，还是答不上来，再次被拒。于是又将这件事搁置了。

　　忽然想买可乐，想像偶像那样一口气喝到标签下面，我将钱包塞进屁股兜，披上羽绒服走出玄关。每个人都在走着。小孩追逐婴儿车，一会儿在前一会儿在后，戴手套的手像是在肆意挥洒着什么，而随着年老，走路会越发与地面平行，仿佛在小心翼翼地搬运着什么，害怕它会洒出来。下坡后，正好撞见右边咖啡店的招牌亮灯。瞬间觉得天色暗了一个度。

　　钱包里连买可乐的零钱都没有了。国道旁的便利店门前是空旷的停车场，隐约能听见猫咪寂寥的叫声。我面朝 ATM 把卡推进去，想着取三千日元，却听见机器传来"请重新操作"的提示音，似乎是输错密码了。我慎重地再次输入偶像出生的年份。这张银行卡是专门为我申请的。妈妈汇过三次钱后终于不耐烦地说："不会再给你钱了，你想办法养活自己吧。""什么时候上班？""不能没完没了地给你打钱。""过段时间我会去你那边看看。"

这个月的生活费变少了。不过，还不至于走投无路。我在便利店买了可乐，猛地灌进嘴巴里，旁边的大叔正在抽烟，冻得肩膀都缩成了一团。融化在液体里的碳酸经过喉咙又涌了上来，胸腔里仿佛冒起了泡泡。我想，果然冷天不适合喝碳酸饮料啊。烟草的气味熏到了眼角，我松开嘴唇一看，只喝到标签的上面一点。

假如偶像变成普通人……我猜，偶像应该会这样说吧："即使在街上偶遇我，也请别打招呼，我已经不是偶像了。"第二天，我就在新闻里听到了几乎一样的话。

这场记者招待会和道歉大会没什么分别。成员们都身着正装，唯独穿在里面的浅色衬衫依稀能辨认出是各自的应援色，这也是唯一不像道歉大会的元素。暴露在闪光灯下的瞬间，偶像的虹膜变成浅茶色的，他的脸上隐约出现了眼袋。全员鞠躬，角度却高低不一，最深的是明仁，最浅的是偶像，未冬的脸涨得通红，美奈和濑名的嘴角非常不自然地上扬着。

明仁拿起话筒："今天，感谢大家聚集在这里……"开场白后，他们开始回答记者的提问。我翻开记事本，画出几个黑点打算分条记录。为了去往下一个人生舞台。各自做出了积极的选择。这是全员共同讨论决定的。记录着、记录着，我却总感觉没接近核心。白色长桌对面的五个人按顺序发言，不知不觉轮到了偶像……"此外，我，上野真幸，决定解散后退出娱乐圈。我将不再是偶像，也不再是艺人，今后如果在某处偶遇，希望大家把我当成一个普通人，不要上前打扰……"

他所说的话太贴近我的设想，我根本不觉得惊讶，令我慌乱的是那枚嵌在他左手无名指上的银色戒指。他左手覆盖着右手,看来并不打算隐瞒,更偏向于一种无言的报告。偶像自称"我"[1]的违和感还残留在耳朵里，而发布会就这样结束了。

关于解散、关于最后一场演唱会、关于偶像的结婚疑云，掀起了比上次闹出负面新闻时更激烈的讨论，"上野真幸结婚"甚至一度登上热搜榜。"等等等等等等跟不上节奏了""小未冬看起来并不接受这个结果，真可怜啊""本想笑着祝偶像幸福，眼泪根本停不下来啊""唉，不会是用于装饰的时尚单品吧，那个戒指""想装作若无其事地出席偶像的婚礼，丢下百万礼金头也不回地走掉""忽然解散是这家伙的错？""就他退团不好吗""太不把粉丝放眼里了吧？？？？？？？有想过粉丝为你上贡了多少钱吗？？？哈？？？？？？？至少瞒到底吧？？？？？？？？？""某可燃垃圾的种种恶行→【殴打粉丝遭全网唾弃】【擅自提前宣布解散】

---

1 之前真幸的自称都是"俺（ore）"，这里用了"僕（boku）"，相对更显郑重、恭敬。

【解散发布会散布结婚疑云】【与被殴打粉丝交往论浮出水面】不会还有人没脱粉吧""饭都咽不下去，怎么想怎么想怎么想也想不通，为什么把明仁也卷进来，别自顾自地结婚好吧""唉，值得恭喜吧，是喜讯啊""曾经的偶像宅友对我说解散也无所谓，反正濑名还会留在演艺圈^^我呢，怪我瞎了眼，我的偶像再也不会以偶像的身份活动了^~""偶像宅，现在去死说不定能投胎成真幸的孩子，下辈子见吧""结婚对象，真的是之前殴打的那家伙吗？"我的大拇指持续划动着，整个人仿佛被吸进手机里，沉溺在各种声音中。这时，我回想起某次放学后去看偶像出演的电影试映，结果迷路了，在涩谷绕来绕去。地面上是绵延不绝的地砖和盲道，球鞋、皮鞋、高跟鞋，各种鞋子踏过，留下污垢，无休止地发出无迹可寻的声响。人们的汗水、手上的油泥不经意地蹭在建筑物的支撑柱和楼梯栏杆上，人们的呼吸弥漫于连接在一起的方形车厢中。通往高楼大厦的扶梯，人们如复制粘贴般一拥而上。在机械般的运作中，人们有着各自的表情和动作。无论哪篇推文都被限制在方形边框里，头像被统一截成圆形，字体完全相同，有人祝福，有人愤怒。我的推文、我本人，都不过是其中的一部分。

愣在原地的我，好像被人猝不及防地撞到肩膀，也因此注意到了一篇推文。撞到我的人，背影在人群中无比醒目，上面写着"唔哇，住址扒出来啦"。我着魔般地点进跳转论坛的链接。

起因是几个月前，某外卖员配送外卖时去到了上野真幸的家，惊讶之余上传了Instagram动态。虽然迅速删除了，但架不住截图满天飞，根据该外卖员发布的其他动态，首先划分出了偶像所居住的区域。昨天的Instagram直播中，一瞬间意外地拍到了窗外的景色，由此锁定了偶像所居住的公寓。才刚说希望大家将他视为普通人，立刻就被扒出住址，实在有些倒霉。一定会有粉丝忍不住跑去见他吧。如果结婚对象也和他一起住，不仅是偶像处境不妙，那个人说不定也会遭遇什么危险。

　　从昨晚到今天接收到的信息，对我来说像做梦一样。直到此刻，我依然屏蔽内心的信号，假装接受了这件事。我根本无法承受偶像会消失的打击。

　　总而言之，我只能继续虐待自己，将一切倾注给他。应援是我活着的方式，是我的宿命。在最后的演唱会上，我要将我的一切都献给他。

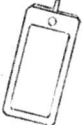

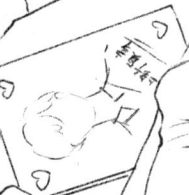

6.

◇◆◇

　　风在咆哮。一大早就急剧恶化的天气让混凝土制的建筑物内显得又晦暗又潮湿。惊雷以劈天之势轰鸣着，闪电划过时，墙上的龟裂和水泥气泡留下的印痕都暴露无遗。长蛇般的人群队列尽头是卫生间。进门后一眼望去，布满镜子的白色空间里，汇聚着五颜六色的人。绿色蝴蝶结、黄色连衣裙、红色超短裙，涂着蓝色眼影的女生眼睛都哭红了，她正在往脸上拍粉底，不经意地透过镜子与我对视了。我没有移开目光，直到维持排队秩序的工作人员对我说"下一位"，指引我进入了隔间。散乱在肩上的发丝仍然残留着兴奋，兴奋感顺着耳后汩汩流淌，那种温暖的感觉让我的心脏怦怦地加速个不停。

第一部分刚开始，从听见偶像煽动气氛的瞬间，我就不顾一切地嚎叫起他的名字，只为追逐他的一举一动而存在。每一秒每一秒，我随偶像高举拳头，跳跃着大喊口号，偶像那溺水般的呼吸声在我的喉咙里回响着，忧喜交加就是这种感受吧。仅仅是看着荧幕里大汗淋漓的偶像，汗液都跟着从我的侧腹喷涌而出。全身心地感受偶像，于我而言就是自我唤醒。放弃的痛楚、苟且的敷衍、碾碎的期望，偶像将这些一一拉出我的身体。正因为如此，我才会试着解读偶像，想要更多地了解他。切切实实感受到他的存在，能让我同时感受到自己的存在。我喜欢偶像灵魂的跃动，也喜欢拼尽全力追逐他时我跃动的灵魂。呼喊吧，呼喊吧，偶像仿佛使尽浑身力量动员着我。于是我也呼喊了。被卷进旋涡里的东西通通得以释放，扑倒了拦截在周围的一切，我将困扰自己的重量狠狠地摔在地上，叫喊着。

　　第一部分的结尾是偶像的个人单曲演唱。偶像缓缓地浮现在如深海般荡漾的蓝色光线里，右手指腹按住了吉他的弦，银色的戒指闪烁着纯白而神圣的光芒。来到这里仍然不摘下戒指，这也很符合偶像的作风。偶像如同呢喃般唱起了歌，我感叹着，那个男孩，真的成长为大人了。其实他早在很久前就是大人了，是我事到如今才想通了这一点。"才不想成为大人呢！"曾经如此呐喊过的他，像疼惜着什么一般温柔地抚弦，渐渐地释放出激烈的音调。驾驭着伴奏的鼓声和贝斯声，他纵情歌唱，与 CD 音源里始终压抑着某种情感的唱法完全不同。那仿佛是偶像在这个瞬间新创造出来的歌曲，他涂红的嘴唇张张合合，将整个会场的热意、荡漾的蓝色灯光以及我们的呼吸都接纳其中。我像是第一次听见这首歌。蓝色荧光棒汇聚成海，塞着好几千人的半圆形场馆顿显逼仄。偶像，用温暖的光芒将我们包裹。

　　我坐在马桶上，寒意顺着脊椎往上蹿。冒出

太多汗液的感觉就像离开热水后身体急剧降温，狂欢过后，会感受到成倍的寒冷。在卫生间狭窄的隔间里，每当回忆起五分钟前眼里的场景，漆黑的寒冷都会在我心里掀起前所未有的风暴。

要结束了，我想。明明这么可爱、强大，让人如获至宝，却要结束了。围成隔间的四面墙，隔开了我与仓促而喧哗的世界。刚才因兴奋而痉挛的内脏正在渐次冻结，甚至开始渗透脊梁。不要啊，我无声地呼喊。不要这样，我一遍又一遍地哀求着，却不知在向谁挣扎。不要，不要将我的脊梁夺走。如果偶像消失，我真的，没办法活下去。我会失去辨认自己的线索。冷汗般的泪水流淌下来。与此同时，尿液伴随着尴尬的声响倾泻而出。好寂寞。无法压抑的寂寞让我的膝盖颤抖起来。

刚才那个涂着蓝色眼影的女生站在卫生间的出口处，正在摆弄手机。我下意识地观察她顺着手机屏幕游离的视线，将包夹在胳肢窝，返回了自己的座位。包的底部，手机屏幕一直亮着，录音软件正在运行。我想尽快返回那个沸腾的会场，连一秒也不愿耽误。我希望偶像的歌，永远回荡在我的心头。见证完最后的瞬间，手中空无一物的我，该如何生活下去？不应援偶像的我不再是我。没有偶像的人生皆是余生。

7.

◇◆◇

　　正如大家所知，以前段时间的"最
终之旅·东京告别演唱会"为终点，我
的偶像上野真幸退出娱乐圈了。消息公
布得太过突然，说实话，我仍然没整理
好情绪，但撰写博客至今，我的心里还
有许多需要抒发的内容，最重要的是，
我想趁偶像的身影尚且鲜明的时候，将
这些话写下来。

　　那一天我穿了最喜欢的蓝色碎花连

衣裙，戴着蓝色蝴蝶结，完全以真幸粉丝的形象参战。由于天气寒冷，我还披了纯蓝色的外套，不过偶像的应援色穿再多看起来都冷嗖嗖的，真伤脑筋。偶像宅应该都有这种体验吧，前往演出会场的电车上，一眼就辨认出那些打扮得五颜六色的女孩是同类，于是会心一笑。即使坐首班车过去，周边窗口也已经排起长队，我买了限定荧光棒、应援毛巾、全套大阪演唱会的现场写真，此外，还入手了从没买过的连帽衫、T恤、蓝色款护腕以及棒球帽。明明已经买了纪念解散的精选唱片，听说会场出售的版本会有限定特典，我毫不犹豫又买了一张。几小时后进入了会场。数不清去了多少次卫生间，一遍遍地补根本没人会注意的妆容。明仁的红色、真幸的蓝色、小未冬的黄色、濑名的绿色、美奈姐的紫色，象征着五人的幕布缓缓垂下，这个场景是允许摄影的，因此我会附上照片哦。据说幕布下方有他们的亲笔签名，能看清吗？

再说最重要的偶像，还用说吗？简直无可挑剔。左数第二个位置的他，穿着蓝色鳞片一般亮晶晶的服装，降临在舞台上，是那样的鲜活。瞬间还以为是天女。我开始透过望远镜追逐他，他填满了我的世界，我眼里再装不下除他以外的任何人。他脸上渗着晶莹的汗液，表情坚毅，用锐利的目光凝视着前方，发丝随风拂动，太阳穴若隐若现。啊，他就活在我的面前呢。那么生动地，活在我的眼前。他偶尔会扬起右边嘴角露出坏笑，一站上舞台，就极少眨眼，步伐轻盈得仿佛脱离了重力的束缚。我追逐着这样的他，骨髓深处也炽热起来。我热切地想，到最后了啊。

此时是深夜三点十七分。仿佛砰的一声响彻盈满海水的洞窟，体内泛起不适的感觉，蔓延至空腹，化作呕吐般的痛感，折磨着我的胃部。搬家时一同带来的偶像写真浮现在眼前，我不可思议地对那个轮廓感到了陌生。我第一次意识到，现在的偶像已经不存在于那里了。所有的写真，都在某种意义上成为遗照。以前去九州探亲的时候，我因为吃掉供奉在佛龛旁的橘子而弄坏了肚子。刚换过的榻榻米散发出涩涩的气味，我坐在上面，咀嚼着阿姨为我剥的橘子，白色的橘络怎么都咬不断，只有汁水流向喉咙，着实有点恶心。因为长时间供奉在佛龛旁，酸味已经完全退却，只剩软趴趴的甜。我想，迟早要吃，不如一开始就别用来供奉，还能尝到新鲜的滋味。"供品这种东西，明明没什么意义呢。"我不禁说道。我已然想不起阿姨当时是如何回答的，直到偶像生日那天买了蛋糕，才终于理解了这件事。我像吃供品那样，啃食着奶油中央画着偶像的巧克力片。供奉、购买的意义在于，享用时会产生受到恩泽的感觉。

最终，偷偷录下来的只有欢呼声。啪嗒啪嗒的脚步声与哭喊声覆盖了一切，只能断断续续地听见微弱的歌声和伴奏。我甚至希望当时露出马脚被抓住。没能好好地画下句点。从那一刻起我就一直飘荡着，像没能成佛的幽灵。

我起身喝水，黑暗中弥漫着微微发热的腐臭味。冰箱释放着耳鸣般的噪声，听起来比以往刺耳好几倍，让四周显得更寂静了。我打开了手机。屏幕光虽然刺眼，却远远敌不过侵蚀着庭院和走廊的黑夜。我又打开了电视，尽量将光与黑暗的交界线推向室外。电视放映起了没拿出来的DVD。我直接将进度条拉至五分二十七秒，那是偶像的个人单曲时间。他张开没拿话筒的那只手，低着头，那一幕的画面仿佛静止了一般。他穿透朦胧的白雾伫立在舞台上，腿部肌肉向着中心紧绷。这绝不是萎缩，我记录在收集博客素材的备忘录上，而是一边流动一边绷紧的感觉。因为汗液，黏在脖颈处的蓝色羽毛装饰翘起了边，透过镶边银粉反射的光芒可以感受到他胸膛的起伏。为了达到真正的静止，必须将呼吸和心跳持续输送至身体的中心。

观看完毕，已经是早晨了。我不是通过光线认知破晓的到来，而是感觉沉浸在夜晚的身体奇妙地漂浮了起来。我忽然有了疑惑，溺水的人为何死后会自然而然地浮出水面？我看向没合上的电脑，将"我热切地想，到最后了啊"删去，重新输入"仍然无法相信已经到了最后"，接着又一个字一个字地删去。

写不出文章时，散步是排解苦恼的最佳方式。我背着小包就出了门，放晴的天空一片蔚蓝，眼皮内侧一颤一颤的。我像以往那样戴着耳机听偶像舒缓的情歌，不知不觉就到了车站。听着他的歌，似乎能去往任何地方。电车在眼前飞驰而过，巨大的轰鸣盖过一切声音，我穿着蓝色运动鞋，脚尖绊到盲道上的凸起，险些摔倒。电车里空荡荡的，我感受着身体的颠簸，听着偶像的歌曲，翻看他的照片和网络访谈。那些痕迹，全都属于曾经的偶像。

换乘好几次后，我抵达了那个车站。我坐上巴士，不知是司机太粗暴还是自己的身体状态不佳，巴士的晃动感格外猛烈，我空空的胃也跟着翻腾，仅仅是看着蓝色的座椅就觉得恶心，只好无力地倚靠在车窗上。巴士驶过商店街后，又穿行在商务酒店之间。红色的邮筒、密密麻麻地排列在一起的自行车，街旁疲于阳光的树木点缀着浓烈的绿，这些窗外闪过的风景，我用目光一一追随着。察觉到眼珠的超负荷转动时，我闭上了眼睛。窗玻璃震动着，仿佛在不断拍打我的脸颊。透过眼睑缝隙断断续续瞥见的天空，蓝得像幻觉一样。我想，眼球的深处也在死死捕捉着那抹蓝吧。

"请下车——乘客—— 请下车——已经到终

点了——"听见司机拉长声音的呼喊，我赶紧在挎包里摸索交通卡。正要掏出钱包时，没扣紧的徽章别针微微划过指甲。司机并非注视着眼前的我，更像是对着空无一人的车厢发出通知："请抓紧时间下车——"我就这样被赶出了车厢，竭力站稳颤抖发软的脚跟。脑海里浮现出盂兰盆节的"精灵马"，那支撑着茄子和黄瓜的牙签。

巴士开走后，我突然产生一种被抛弃在住宅区里的感觉。我暂时坐在褪色的蓝色长椅上，左手遮挡阳光，放大地图软件的画面确认自己所在的位置，接着再次站起身来。靠近井盖时，我会听见水流声。走过一段路后，我又看见一个井盖，同样听见了水流声。水流淌在街道的下方。一户人家推开了防雨窗，我被吱呀吱呀的声响吸引，看见了摆放在窗边的枯萎的绿植。在一辆白色的轿车下，有只猫压低头观察着这边。走着走着，街道逐渐变窄，时不时还会遇见地图上没标示的小路，也有戛然而止的路。虽然导航上没有标示，但穿过这里也能到达吧。我在原地迷茫了好一会儿，沿着车库边缘挪动，踏过空地上的杂草，再通过住宅楼下停放自行车的地方，视野瞬间开阔了。

流水淙淙。锈迹斑斑的护栏沿着河流一直延伸向前方。我走了一会儿，忽然感受到手机的震动，是到达目的地的通知。护栏的尽头，对面是一座公寓。

看起来是再普通不过的公寓。虽然看不清标牌上的名字，估计就是网上传闻的那栋建筑物吧。我来到这里，并没有什么意图，只是站着，眺望了一下。我也并不是想见他。

忽然，右上角那间房子的窗帘被拉向一旁，伴随着让心脏一紧的声响，通往阳台的落地窗也被推开了。短发女人抱着一堆刚洗过的衣物，磕磕绊绊地走了出来，她将衣物暂时堆在围栏上，喘了喘气。

眼神交会的瞬间，我别过了脸。我漫不经心

地走动着，假装只是经过，步伐越来越快，最终跑了起来。其实我并不知道是哪个房间，那个女人是谁也无所谓，就连偶像是否真的住在这座公寓也已不重要了。

是她抱在怀里的衣物对我造成了无法再逃避的伤害。我堆放在房间里的大量档案、写真、CD，那些我用尽全力收集来的东西，都不如一件衬衫、一双袜子更能真切地描绘一个人的现在。偶像已经退圈，他的将来会有其他人在身旁注视着。这才是我要面对的现实。

已经无法追逐他了。我无法继续看着不再是偶像的他，也无法再解读他了。偶像变成了人。

为什么偶像会殴打他人？我一直回避这个问题。一边回避，一边被牵动。即便如此，那种事情也不是从外部注视着那座公寓的某个房间就能了解的。我没办法对此进行解读。那一刻他回头的怒视，不是面向记者，而是面向除了他和她以外的所有人。

跑着跑着，眼前出现了一片墓地。墓碑沐浴着阳光，纹丝不动地伫立着。途中经过一间小屋，自来水管旁摆放着扫帚、木桶和柄勺。根茎被折断的供花散落在一旁，渗着汁液的断面散发出涩涩的气味，与之前在外婆病房里嗅到的褥疮气味很相似。忽然，我想起了外婆火葬的场景。人在燃烧。血肉燃烧殆尽，只剩骨头。外婆胁迫妈妈留在日本时，妈妈好多次朝她大喊："都是你自食其果吧！"妈妈在成长中似乎常常被外婆咒骂，被说"你才不是我家的孩子"。她事后却哭泣着，试图将女儿留在身边。自食其果。削去肉体，变成骨头，应援偶像应该就是我的果吧。我曾想消耗一辈子应援他。即便如此，死后的我也无法拾起自己的骨头吧。

　　我任凭自己迷路，坐上错误的巴士，还险些弄丢了交通卡。最终到达离家最近的车站时，已经是下午两点了。我回到了家。即使回到家，现实里也只有散乱的衣服、发圈、充电器、塑料袋、空纸盒和翻了面的包。为什么我无法普普通通地生活？作为人，为什么我连最低限度地活着也做不到呢？我并非从一开始就想将生活搅得一塌糊涂。仅仅是活着，就像慢慢地变成堆积的代谢物。仅仅是活着，我的家就崩析分离了。

为什么偶像会殴打他人，为什么亲手毁掉重要的东西，我再也无从知晓。永远，都无从知晓了。与此同时，我也感应到这件事在深渊里与我相连。他爆发出克制在眼睛深处的力量，忘记身处舞台、竭力破坏掉什么的那个瞬间，在那一年半的时间里填满了我的身体。无论何时，我都与偶像的影子重合着，感受着两人份的体温、呼吸和心跳。脑海里浮现的是影子被狗咬碎后哭泣的十二岁少年。从出生到现在，我一直一直都被身体的重量烦扰着，束手无策。此刻，我想要服从肉体的战栗，毁掉我自己。不想看着一切破碎，于是我主动打碎一切。目光扫向桌面，停留在棉签盒上。我狠狠抓住它，高高扬起。我绷紧腹部的力量，挺直脊椎，深深吸气。我猛地闭上了眼，抛出。绞尽全力地将至今为止对自己的愤怒、悲伤全部砸了出去。

随着清脆的声响，塑料盒滚落，棉签散了一地。

乌鸦在啼叫。我环视着整个房间，光从回廊、窗户投射进来，将房间照得亮堂堂的。不仅是中心，全部的一切都会成为我活着的结果。骨头是我，血肉也是我。我回想起抛出棉签盒之前的场景。一直忘记收的杯子、残留着汤汁的盖饭、遥控器。视线扫过，最终，我还是选择了收拾起来最轻松的棉签盒。想笑的冲动像气泡一样涌了上来，扑哧一声，又消失了。

捡起了棉签。我跪在地上，垂着脑袋，像拾起自己的骨头一样，小心地捡起了地板上散落的棉签。捡完棉签后，还需要捡起长出白色霉菌的饭团，空可乐瓶也要捡起来，显然，还有很长很长的路要走。

我趴在地上。我想，这就是我生存的姿态。

既然不适合两足行走，暂时就这样活下去吧。

身体很重。我捡起了棉签。

图书在版编目（CIP）数据

偶像失格 /(日) 宇佐见铃著 ; 千早译. -- 长沙:
湖南文艺出版社, 2022.7
ISBN 978-7-5726-0468-3

Ⅰ.①偶… Ⅱ.①宇… ②千… Ⅲ.①长篇小说—日本—
现代 Ⅳ.①I313.45

中国版本图书馆CIP数据核字(2021)第236552号

Oshi, Moyu
Copyright © 2020 Rin Usami
All rights reserved.
First published in Japan in 2020 by KAWADE SHOBO SHINSHA Ltd. Publishers
Simplified Chinese translation rights arranged with KAWADE SHOBO SHINSHA Ltd. Publish-ers
through CREEK & RIVER Co., Ltd. and CREEK & RIVER SHANGHAI Co., Ltd.

著作权合同登记号：18-2021-170

偶像失格
OUXIANG SHIGE
[日] 宇佐见铃 著 千早 译

出 版 人	曾赛丰
出 品 人	陈 垦
出 品 方	中南出版传媒集团股份有限公司
	上海浦睿文化传播有限公司
	上海市巨鹿路417号705室（200020）
责任编辑	刘雪琳
美术编辑	凌 瑛
责任印制	王 磊
出版发行	湖南文艺出版社
	（长沙市雨花区东二环一段508号 邮编：410016）
网 址	www.hnwy.net
经 销	湖南省新华书店
印 刷	深圳市福圣印刷有限公司

开本：787mm×1092mm 1/32 印张：5 字数：64千字
版次：2022年7月第1版 印次：2022年10月第3次印刷
书号：ISBN 978-7-5726-0468-3 定价：49.00元

浦睿文化
INSIGHT MEDIA

出 品 人：陈　垦
策 划 人：朱琛瑶
出版统筹：胡　萍
监　　制：余　西　唐　诗
编　　辑：朱琛瑶
装帧设计：凌　瑛

欢迎出版合作，请邮件联系：insight@prshanghai.com
微信公众号：浦睿文化